Beltz & Gelberg Taschenbuch 678

Christoph Hein, geboren 1944 in Schlesien, arbeitete als Buchhändler, Journalist und Monteur, bevor er Philosophie und Logik in Leipzig und Berlin studierte. Danach war er als Regieassistent, Dramaturg und Hausautor an der Berliner Volksbühne tätig. Seit 1979 ist Christoph Hein freier Schriftsteller. Er veröffentlichte Romane, Erzählungen, Theaterstücke und Essays. Sein Werk wurde mit zahlreichen Preisen ausgezeichnet. Bei Beltz & Gelberg erschien ebenfalls sein Buch *Das Wildpferd unterm Kachelofen* (TB 562).

Christoph Hein

Mama ist gegangen

Roman

Mit Vignetten von
Rotraut Susanne Berner

Mama ist gegangen wurde mehrfach ausgezeichnet, u.a. mit dem LUCHS von Radio Bremen und der ZEIT.

www.beltz.de
Beltz & Gelberg Taschenbuch 678

Neue Rechtschreibung
Einbandgestaltung: Max Bartholl
Einbandbild und Vignetten: Rotraut Susanne Berner
Gesamtherstellung: Druckhaus Beltz, Hemsbach
Printed in Germany
ISBN 3 407 78678 6
1 2 3 4 5 08 07 06 05 04

1. Kapitel

Ulla hieß eigentlich Ursula, aber so wurde sie nur von der Lehrerin in der Schule gerufen. Für alle ihre Freundinnen hieß sie Ulla und auch daheim sagte keiner Ursula zu ihr. Für Mama und Papa und für ihre beiden Brüder, Karel und Paul, war sie die Ulla. Warum man sie nicht gleich auf diesen Namen getauft hatte, der ihr viel besser gefiel, konnten ihr nicht einmal die Eltern erklären.

Mit ihren Freundinnen verstand sich Ulla sehr gut, besonders mit Marlene, aber ihre liebste Freundin war ihre schöne Mama. Sie liebte sie ein bisschen mehr als ihren Papa, aber das sagte sie ihm nicht, weil sie ihn nicht kränken wollte. Sie liebte ihn ja auch, weil er so gut zuhören konnte und sie sein Liebling war, aber ihre Mama liebte sie einen Zentimeter mehr. Das war eben so.

Ihre Brüder waren beide älter als sie, der eine zwei Jahre und der andere fünf Jahre. Beide waren sie ungewöhnlich klug und halfen ihr, wann immer Ulla Hilfe benötigte.
Zu ihnen konnte sie auch gehen, wenn es von Mama oder Papa nur eine typische Erwachsenenantwort gab, wie etwa »Das schaffst du schon allein« oder »Wenn du dich nur anstrengst, bekommst du das selbst heraus«.
Solche Antworten sind wenig hilfreich und falsch, denn wenn sie es alleine schaffen könnte, würde sie ja nicht fragen. Aber so sind Erwachsene, selbst die schöne Mama und der starke Papa.

Ihr Bruder Karel hieß genau genommen Karl, aber eines Tages hatte er zu Hause erklärt, dass er Karel heiße und künftig von allen so genannt werden wollte. Und wenn seitdem irgendjemand ihn mit Karl ansprach, reagierte er nicht oder sagte: »Karl? Wer soll denn das sein? Ist hier irgendwo ein Karl?«
Karel war so klug, dass er sich in der Schule langweilte und seine Lehrer Angst hatten, ihn anzusprechen, weil sie sich davor fürchteten, dass er ihnen wieder irgendeinen Fehler nachwies.
Um sich nicht zu langweilen, las er während des Unterrichts wissenschaftliche Bücher. In der vierten Klasse hatte er die vierundzwanzig Bände von

Meyers Konversationslexikon samt den drei Ergänzungsbänden studiert, die in Papas Bücherschrank neben den vielen, vielen Kunstbänden standen, und seitdem gab es keine Frage, die er nicht beantworten konnte.
Nur war er ein bisschen unpraktisch und vergaß alles, was nicht wissenschaftlich war. Wenn Mama ihn einkaufen schickte, kam er mit einer leeren Tasche zurück, weil er sich nicht mehr daran erinnern konnte, dass er ein Brot und einen Liter Milch holen sollte. Und wenn Mama es ihm auf einen Zettel schrieb, verlor er ihn unterwegs und kam wieder mit einer leeren Tasche zu Hause an.
Sein Bruder Paul meinte, das läge daran, dass er sein ganzes Gehirn mit Meyers Konversationslexikon voll gestopft habe, so dass dort nichts mehr hineinpasse.
»Unsinn«, erwiderte Karel, »was du sagst, ist unbewiesen und unbeweisbar. Das menschliche Gehirn ist ein unvergleichbarer Speicher, den man durch wohlüberlegtes Training endlos erweitern kann.«
»Dann versuch doch mal, einen Speicherplatz für Mamas Einkaufsliste zu reservieren«, sagte Paul und fügte hinzu: »Später, wenn du mal groß bist, kannst du dir ja dein Geld verdienen, indem du in Quizshows auftrittst. Wenn man einen Kopf wie ein Konversationslexikon besitzt, ist das genau der richtige Beruf.«

Ihr Bruder Paul hieß wirklich Paul. Er war ein sehr schöner und kluger Junge und setzte alle Welt in Erstaunen, weil er auf die schwierigsten und eigentlich unbegreiflichsten Fragen, die jedermann verwirrten und ratlos machten, immer eine Antwort wusste.
In der Schule verblüffte er seine Mitschüler und die Lehrer, zu Hause seine Eltern und die bucklichte Verwandtschaft und auf der Straße jedermann und mit besonderer Vorliebe den Polizisten. Wenn alle ihre Meinung gesagt hatten und nur Paul noch nicht und alle ihn ansahen, um zu hören, ob er auch dazu etwas vorzubringen habe, richtete er sich auf, hob den Kopf ganz stolz und sagte dann etwas, was einen jeden so sehr überraschte, dass er für einen Moment ganz sprachlos war.
Das heißt, fast ein jeder war sprachlos, nur Karel nicht. Der hatte nur darauf gewartet, dass Paul etwas sagte, um dann sofort und sehr giftig hinzuzufügen: »Das ist wissenschaftlich unhaltbar.« Oder: »Das ist weder bewiesen noch beweisbar.« Oder er sagte auch nur: »So ein Blödquatsch.«

Ulla, ihre kleine Schwester, liebte und bewunderte ihre beiden Brüder. Sie wusste aber nicht, wer der Klügere von ihnen war, noch wusste sie, wen von ihnen sie mehr liebte.
Was Karel, ihr ganz großer Bruder, sagte, war immer

einleuchtend und man konnte nie etwas dagegen sagen, aber es war auch immer ein bisschen langweilig, jedenfalls für Ulla. Er hatte Recht und immer war alles richtig, und für die Schularbeiten war es ratsamer, mit Karel zu sprechen als mit Paul. Wenn ihr Karel bei den Schularbeiten geholfen hatte, machte die Lehrerin manchmal ein misstrauisches Gesicht und fragte sie, ob sie ganz allein darauf gekommen sei. Wenn Ulla dann nickte, blieb der Lehrerin nichts anderes übrig, als ihr eine Eins zu geben.
Pauls Ansichten und Meinungen dagegen klangen für sie auch überzeugend, und zudem waren sie so lustig, dass sie sich oft den Bauch halten musste vor Lachen. Doch bei ihm war sie nie sicher, ob das, was er ihr ernsthaft erklärte, auch wirklich das war, was die Lehrerin von ihr erwartete. Denn er sagte manchmal Sachen, über die ihre Freundinnen empört die Nase rümpften und für die sie eine schlechte Note bekam.

Einmal hatte sie die zehn größten Berge der Welt in der richtigen Reihenfolge aufzuzählen. Als die Lehrerin ihr das Heft wiedergab, hatte sie vor Entrüstung einen roten Kopf. In Ullas Heft stand, was ihr Paul gesagt hatte, nämlich dass die Höhe der Berge beständig wechsle, je nachdem wie viel Schnee gefallen sei. Wenn ein Berg meterhoch einschneit, hatte ihr Paul erklärt, ist er über Nacht plötzlich der größte von der

ganzen Welt, obwohl er am Tag zuvor noch zu den mittelgroßen Bergen gezählt hatte. Und so hatte sie es in ihr Heft geschrieben.
»Das ist völlig falsch, Ursula«, sagte die Lehrerin, »Schnee zählt nicht.«
»Was? Der Schnee zählt nicht?« Ulla war empört. Sie dachte an Karel und sagte trotzig zu der Lehrerin: »Das ist unbewiesen und unbeweisbar.«
Die Klasse johlte, und die Lehrerin war so gereizt, dass Ulla zusätzlich zu der schlechten Note noch einen Tadel bekam.
Wenn Karel am Familientisch redete, hörten ihm die Eltern bewundernd zu, nickten dann und strahlten sich zufrieden an. Aber wenn Paul den Mund aufmachte, lachte seine Mama vor Vergnügen laut auf, und der Papa hustete in sein Taschentuch, weil er sonst vor Lachen geplatzt wäre.
Ulla war von beiden Brüdern begeistert, von Karel, der wirklich alles wusste, was es auf der Welt und im Weltall gibt, und von Paul, der nicht alles so genau wusste, aber über alles eine feste, unumstößliche Meinung besaß.

Eines Tages unterhielten sie sich beim Mittagessen darüber, welches eigentlich der höchste Feiertag sei. Sie konnten sich nicht einigen.
Ulla erklärte, das wäre natürlich ihr Geburtstag.

Karel erwiderte, das wäre Blödsinn, denn dann müssten die Geburtstage der anderen Familienmitglieder ebenfalls höchste Feiertage sein, aber das sei logisch unsinnig, denn es könne schließlich nur einen einzigen höchsten Feiertag geben.
Papa meinte, der höchste Feiertag sei ein Weihnachten, das man auf einem Berg feiere, höher gehe es gar nicht. Und die Mama sagte, es wäre ihr Hochzeitstag. Karel beharrte darauf, dass der höchste Feiertag natürlich der Staatsfeiertag sei, und deshalb gebe es an diesem Tag keine Schule und alle hätten frei.
»Ja«, fügte Paul hinzu, »und der Präsident redet im Fernsehen darüber, dass alle mehr arbeiten müssen oder dass sich alle lieb haben sollen. Und er ermahnt sein Volk über alle Fernsehsender, sich vor dem Essen die Hände zu waschen.«
Ulla dachte darüber nach. Was Karel gesagt hatte, fand sie einleuchtend. Außerdem wollte sie auch gern einmal im Fernsehen zu allen Menschen reden, und darum wollte sie Fernsehansagerin werden, wenn sie groß wäre, oder Präsidentin. Sie würde jedoch keine brennende Kerze neben sich hinstellen wie der alte Präsident. Neben ihr sollte ein Foto von Mama und Papa stehen und auf der anderen Seite würde Butz sitzen, ihr Lieblingsteddy. Alle Welt würde sie und Butz sehen können, und wenn sie etwas besonders Kluges oder Wichtiges sagte, würde sie ihm unbemerkt einen

kleinen Stups geben. Dann müsste Butz nicken und in die Kamera sagen: »Genau so ist es.«
Als man schließlich Paul nach seiner Meinung fragte, antwortete er: »Fastnacht. Der höchste Feiertag ist Fastnacht.«
Alle am Tisch bekamen große runde Augen vor Erstaunen und Karel schnaubte vor Empörung. Er wollte von seinem Bruder wissen, wie er auf einen solch hirnrissigen Einfall gekommen sei. Paul sagte nur: »Weil es so ist. Fastnacht ist der höchste Feiertag.«
Es kam so, wie es bei ihnen immer zuging: Man war nicht Pauls Meinung, aber Fastnacht galt seitdem in der Familie als der höchste Feiertag. Ulla schätzte das schon deswegen, weil es seitdem an diesem Tag Geschenke gab.
Wenn ihre Freundin Marlene dann zu ihr sagte: »Du hast ja schon wieder ein neues Kleid, dabei hast du gar nicht Geburtstag, und Weihnachten ist auch nicht«, erwiderte sie: »Das ist mein Fastnachtsgeschenk.«
»Fastnachtsgeschenk? Gibt es bei euch zu Fastnacht Geschenke?«
»Natürlich. Fastnacht ist doch der höchste Feiertag.«
»Wieso denn das?«
»Weil es so ist«, erwiderte Ulla, drehte sich auf den Zehenspitzen herum, dass ihr neues Kleid sich hoch aufbauschte, und lachte.

So war alles wunderbar, und Ulla fürchtete sich nur vor dem Tag, an dem ihre Brüder so erwachsen waren, dass sie die Familie verlassen und aus dem Haus ziehen würden.
Karel wollte nämlich unbedingt nach Amerika gehen, um dort zu studieren, denn in Amerika war alles ganz wissenschaftlich und beweisbar.
Und Paul träumte davon, ein Star zu werden. Er wollte singen lernen und zaubern und sich zum Akrobaten ausbilden lassen, um dann durch die ganze Welt zu reisen. Auf den Plakaten wäre überall in riesigen Buchstaben sein Name gedruckt. Jeden Abend würde er allein auf einer Bühne stehen. Er würde singen und dazu tanzen, er würde als Seiltänzer und als Feuerschlucker auftreten, als Löwendompteur und als Pianist. Das Publikum in allen Städten der Welt wollte er mit seinen Darbietungen verzaubern.
Nur Ulla wollte ihr Leben lang nicht aus ihrem Elternhaus weggehen, und sie konnte überhaupt nicht verstehen, wie es ein Mensch fertig brachte, Mama und Papa zu verlassen. Sie wollte für immer daheim wohnen bleiben, in ihrem malerischen Haus mit dem wundervollen Garten. Vor allem aber mit ihrer schönen Mama, die immer lachte. Wenn einem das dümmste Ungeschick passierte, so dass man eigentlich heulen könnte, dann lachte Mama nur und schon

ging es einem wieder gut. Mama verstand immer alles, wusste alles und konnte immer helfen. Vor allem aber lachte sie immer, und wenn nichts mehr helfen konnte, half ihr Lachen.
In Ullas Bücherregal stand zwischen all ihren geliebten Kinderbüchern auch das dicke Buch eines Professors der Philosophie, der an einer altehrwürdigen Universität lehrte. Dieser Professor war mit Mama und Papa befreundet und besuchte sie manchmal. Dann saß er mit der Familie im Garten und sie unterhielten sich vergnügt.
Das dicke Buch des Professors hatte den Titel: »Über das Lachen«. Ulla hatte es von ihm geschenkt bekommen, weil sie viel und gern las, aber in diesem Buch hatte sie nur etwas geblättert. Sie verstand es nicht und eigentlich fand sie es, trotz des verheißungsvollen Titels, langweilig. Aber auf der dritten Seite des Buches war Mamas Name eingedruckt. Der Professor hatte es nämlich Ullas Mama gewidmet: »Für Tinka. In Erinnerung an das, worüber nur zu lachen war – also an fast alles.« Ja, ihre Mama war eine richtige Lachtaube, das fand sie auch.
Mama war Regisseurin. Zu Hause schrieb sie die Drehbücher für ihre Filme über interessante Leute oder schöne Landschaften. Dann kamen ihre Kollegen und sie saßen im Wohnzimmer und diskutierten miteinander. Und wenn alles geklärt war, began-

nen die Dreharbeiten. Mama reiste dann viel umher, was ihren Kindern nicht gefiel. Sie vermissten sie, selbst wenn ihre Mama nur eine Woche von daheim weg war. Doch umso schöner war es, wenn sie zurückkam, zumal sie für alle etwas mitbrachte, auch für Strolch. Und dann erzählte sie, was sie unterwegs alles erlebt und wen sie kennen gelernt hatte. Sie schwärmte von der alten Gärtnerin, die Goethes ehemaligen Garten pflegte und dort ganz genau das Gleiche anbaute wie damals der berühmte Dichter. Oder sie berichtete von den Erdölbohrern in Sibirien, wohin sie mit einem Hubschrauber geflogen war. Sie erzählte von den Jungen und Mädchen, die als Balletttänzer ausgebildet wurden, und von den Fischern auf Hiddensee, die erst gar nicht mit ihr reden wollten und mit denen sie sich dann anfreundete. Überall hatte sie Freunde und gelegentlich kamen diese Freunde auch zu ihnen zu Besuch.
So erschienen an einem Freitag unangemeldet zehn russische Erdölbohrer mit ihren Frauen bei ihnen. Sie reisten durch Deutschland und wollten es nicht versäumen, ihre beste deutsche Freundin zu besuchen. Einen ganzen Tag waren sie bei ihnen, und die Familie hatte alle Hände voll zu tun, um sie zu versorgen. Sie redeten alle durcheinander und auf Mama ein. Und als sie in den Garten gingen und dort Papas Statuen entdeckten, baten sie ihn, zu ihnen nach Sibi-

rien zu kommen. In ihr Lager komme jeden zweiten Tag eine riesige Bärin, die ihre Abfälle frisst und sich von ihnen füttern lässt. Einmal im Monat geben ihr die Männer auch eine Flasche Wodka, die sie in einem Zug austrinkt. Danach legt sie sich in den Eingang zum Lager und schnarcht. Papa sollte diese Bärin für sie bildhauern. Bei ihnen gebe es wunderbare Steine für ihn, und alle auf der Erdölbohrstelle würden die ganze Zeit für ihn sorgen, ihm sollte es an nichts fehlen.

Am Abend kam ihre Reiseleiterin und schimpfte mit ihnen, weil sie die Reisegruppe verlassen hatten, ohne sich abzumelden. Den ganzen Tag habe man sie gesucht und alle seien sehr ärgerlich. Aber nach einer halben Stunde hatte sich die Reiseleiterin beruhigt und sagte auch, dass Mama und Papa mit allen Kindern unbedingt in das schöne Sibirien kommen sollten.

Papa dagegen war die ganze Zeit zu Hause. Zu jeder Jahreszeit war er im Garten und arbeitete an seinen Steinen. Im Garten nämlich hatte er seine Bildhauerwerkstatt, ein altes Waschhaus, in dem seine Werkzeuge lagen. Die fertigen Plastiken und die großen Steine, an denen er noch zu arbeiten hatte, standen im Garten, inmitten der Blumen und Büsche. Und wenn es nicht gerade schneite oder so grimmig kalt war, dass er das alte Waschhaus heizen musste, um dort zu

arbeiten, stand er mitten im Garten und meißelte an den Statuen.
Viele Leute besuchten ihn und nicht nur die Freunde kamen. Häufig erschienen Galeristen oder auch Auftraggeber. Das waren wichtige Personen, reiche Männer, die für ihre Villa eine Plastik kaufen wollten. Oder es kamen Beamte einer Landesregierung, die für einen Platz vor einem Museum oder einem Ministerium eine Steinfigur suchten. Papa ging dann mit ihnen durch den Garten und zeigte ihnen seine Arbeiten.
Ein Minister hatte einmal zu ihm gesagt: »Das ist ja hier wie im Garten eines Kaiserpalastes, eines Königsschlosses. Man sitzt im Grünen, trinkt Limonade und Kaffee und um einen herum stehen die wunderschönsten Figuren.«
»Ja, wir leben wie die alten römischen Patrizier«, hatte Papa ihm geantwortet.
Papa lief den ganzen Tag mit Strolch im Garten umher, schlug da und dort ein bisschen was von einem der dort aufgestellten Marmorblöcke ab und paffte dazu stinkende Zigarrenstumpen. Dabei besprach er sich ausführlich mit Strolch.
Strolch gehörte dem Adel an. Dem Hochadel sogar, wie Papa behauptete. Sein richtiger Name war sehr lang und sollte seine vornehme Herkunft bezeugen. Er hieß Maximilian György Dorst Edler von Grüner-

walde. Doch diesen Namen liebte er nicht. Er reagierte nur, wenn man »Strolch« rief. Und ein Strolch war er auch, das sagte Papa jedenfalls.
Strolch war ein Terrier. Genauer gesagt, er war ein Kurzhaarterrier. Er hatte schöne und kluge Augen und konnte einen stundenlang aufmerksam anstarren. Er war ihnen zugelaufen, wie Papa sagte. Aber das war nur die halbe Wahrheit. Sie hatten ihn als sehr junges Tier für viel Geld bei einem Hundezüchter gekauft. Papa hatte damals gemeint, der Hund sei viel zu teuer, aber Ulla hatte erwidert, er sei so süß, sie hätte auch das Doppelte und Dreifache für ihn bezahlt.
Strolch wohnte im Wohnzimmer in der großen alten Puppenstube von Ulla, die sie mit Decken ausgepolstert hatte. Jeden, der in den Garten ging, begleitete er und bei jedem Spaziergang war er natürlich auch dabei.
Aber nach drei Monaten, mitten im Winter, war er plötzlich verschwunden. Acht Tage vor Weihnachten war er nach einem Gang durch den Garten nicht zurückgekommen. Die gesamte Familie suchte ihn, zu Fuß und später sogar mit dem Auto. Aber Strolch war und blieb verschwunden. Ulla glaubte, es würde das traurigste Weihnachtsfest ihres Lebens werden. Doch am Heiligen Abend, als sie alle gerade beim Mittagessen saßen, bellte es vor der Tür. Sie sprangen

von den Stühlen auf, jeder wollte zuerst an der Tür sein. Und tatsächlich, als sie die Haustür öffneten, stand Strolch vor ihnen und schaute sie mit seinen klugen Augen an. Im Fell um sein Maul herum steckten kleine Hühner- oder Vogelfedern.
Als wäre nichts gewesen, sah Strolch sie vorwurfsvoll an, marschierte dann an allen vorbei ins Wohnzimmer, ging in sein Puppenhaus und schlief ein. Er verschlief das ganze Weihnachten, aber für alle wurde es in diesem Jahr ein besonders schönes Fest.
Strolch war Papas Hund. Er war zu allen in der Familie freundlich, aber wenn Papa erschien, rannte er sofort zu ihm und wich ihm nicht von der Seite. Wenn Papa nach dem Frühstück sagte: »Nun wollen wir mal wieder, Strolch!«, dann sauste er zur Terrassentür. Und wenn Papa öffnete, lief er vor ihm her und immer genau zu dem Stein, an dem Papa gerade arbeitete.
Bevor der Vater den schweren Hammer und einen seiner vielen Meißel in die Hand nahm, erklärte er Strolch ausführlich, wo er noch etwas abschlagen müsse. Dann sahen sich beide in die Augen und Papa begann mit der Arbeit.
Der Hund sah ihm zu und trottete, wenn es ihm zu langweilig wurde, für ein paar Minuten durch den Garten oder jagte den Schmetterlingen hinterher, um sich dann wieder neben den Stein zu setzen und Papa bei der Arbeit zuzuschauen.

Papa hörte Musik, während er arbeitete. Immer stand ein Radio oder ein Kassettenrekorder auf einem Stuhl neben dem Stein und Orgelmusik ertönte oder große Orchester. Oder er hörte sich den Schulfunk an, den liebte Papa besonders. Abends beim Abendbrot erzählte er, was er wieder Neues erfahren hatte, über Andalusien oder über die Atomspaltung oder das Leben von Alexander dem Großen.
Karel sagte dann: »Aber Papa, das weiß doch jedes Kind.«
»Ja«, sagte sein Vater, »aber woher sollte ich das wissen? Ich bin ja kein Kind mehr.«
Nein, ohne Mama und Papa, ohne Karel und Paul und den wunderschönen Garten wollte Ulla nie leben.
»Nie«, sagte Ulla, »niemals.«

2. Kapitel

Aber mitten im schönen August, an einem sonnendurchfluteten Nachmittag, als die Familie im Garten saß, umgeben von Papas Steinen, von einer Minute auf die andere wurde ihre Mama plötzlich krank.
»Ich weiß gar nicht, was mit mir ist«, sagte sie, als sie vergeblich versuchte aufzustehen.
Sie sagte das so eigentümlich, dass ihre Kinder erschraken und für einen Moment kein Wort herausbrachten. Karel und Paul wollten ihr beim Aufstehen behilflich sein, aber sie schüttelte den Kopf: »Lasst mich noch einen Moment sitzen bleiben. Es wird gleich besser. Und sagt Papa nichts davon.«
Ihr Vater arbeitete an einem großen Stein, der für den Domplatz in einer süddeutschen Stadt bestimmt war. Es war eine Pietà, eine drei Meter hohe Statue der Mutter Maria mit dem vom Kreuz abgenommenen

Jesus auf ihren Knien. Die Figur war eigentlich längst fertig. Doch Papa fand immer wieder etwas, was er daran noch zu machen habe. Mama hatte einmal gesagt, die Statue könnte längst auf dem Domplatz stehen, wenn sich Papa nicht in die Frauenfigur mit dem toten Sohn im Arm verliebt hätte.

Als Mama nach einigen Minuten erneut vergeblich versuchte aufzustehen, rief Ulla ihren Vater. Er trug seine Frau sofort zum Auto und fuhr sie ins Krankenhaus. Ein Arzt sagte, dass er Mama gründlich untersuchen wolle und sie deshalb für ein paar Tage im Krankenhaus bleiben müsse.

Jeden Tag kamen Papa und die Kinder zu ihr. Sie saßen unglücklich um ihr Bett und ihre kranke Mama musste sie trösten. »Was ist denn mit euch los?«, sagte sie. »Habe ich irgendetwas verpasst? Bin ich vielleicht gestorben?«

Nach einer Woche kam Papa zu den Kindern ins Wohnzimmer und sagte ihnen, er habe eben mit dem Krankenhaus telefoniert. Er werde Mama am nächsten Morgen nach Hause holen.

»Dann ist sie gesund?«, fragte Ulla und sah ihren Vater ängstlich an.

»Kommt zu mir«, sagte Papa, nahm alle drei Kinder in den Arm und drückte ihre Köpfe gegen seine Brust. »Nein«, sagte er dann, »sie ist nicht gesund. Und sie wird niemals wieder gesund werden.«

Papa fuhr allein ins Krankenhaus. Er bat die Kinder, daheim zu bleiben. Er müsse noch mit den Ärzten sprechen und sicher würde es sehr lange dauern.
Als das Auto endlich zu Hause ankam, lachte Mutter ihnen aus dem Wagenfenster zu. Aussteigen konnte sie nicht. Sie musste warten, bis Papa um das Auto herumlief, die Wagentür öffnete und sie in ihr Zimmer trug.
Mama war so schwach, dass sie kaum noch ein paar Schritte gehen konnte und den ganzen Tag im Bett liegen musste. Und essen konnte sie auch nichts mehr. Wenn sie zwei Löffel Brei zu sich genommen hatte, war sie davon so angestrengt, dass sie erschöpft einschlief. Sie schlief immerzu.
Für alle begann nun eine schwere Zeit. Sie schlichen nur noch leise durch das Haus und laut lachen wie früher mochte keiner mehr.
Zweimal am Tag gingen die Kinder zu ihr ins Zimmer und immer nur für einige Minuten. So hatten sie es mit ihrem Papa abgemacht, denn Mama war so schwach, dass selbst diese kurzen Besuche sie anstrengten. Sie freute sich, wenn eins ihrer Kinder sich zu ihr setzte, aber schon nach wenigen Sätzen hatte sie Mühe, die Augen offen zu halten.
Alle versuchten, immer ganz munter dreinzuschauen, wenn sie in Mamas Zimmer gingen, und sagten etwas, woran sie kaum glauben konnten: »Werde nur bald

gesund, Mama« oder »Die Ärzte werden dir sicher helfen«.
Mama nickte dann nur und lächelte, und allen fiel es schwer, nicht loszuheulen.
»Du wirst doch wieder gesund, Mama?«, fragte Ulla eines Tages.
»Ich weiß nicht, Ulla, ich weiß es nicht. Es sieht nicht sehr gut mit mir aus.«
»Aber was heißt das?«
»Es kann sein, dass ich sterbe, meine Kleine. Dass ich sehr bald sterben und euch für immer verlassen muss.«
»Das darfst du nicht, Mama. Ich brauche dich doch.«
»Ich weiß, Ulla. Ich brauche dich auch. Aber ich bin so müde.«
»Es gibt doch so viele Ärzte und so viel Medizin. Irgendeiner muss dir doch helfen. Irgendetwas muss es doch geben.«
»Für mich gibt es wohl noch keine Medizin. Aber denke daran, Ulla, nicht nur ich, auch Papa und Karel und Paul brauchen dich. Wenn ich sterbe, dann musst du tapfer sein. Dann musst du den drei Männern helfen. Du musst deine Mama ersetzen.«
»Ich bin aber keine Mama. Ich brauche meine Mama.«
»Ja, Ulla, ich weiß. Und ich möchte so gern bei dir bleiben. Für mein Leben gern. Doch ich werde wohl

für immer weggehen und dich verlassen müssen. Aber du sollst wissen, Ulla, ich bin sehr glücklich, dass ich dich kennen lernen durfte. Umarme mich, meine Kleine.«
»Du darfst nicht weggehen.«
»Ich will auch nicht, Ulla. Aber ...«
Und dann fielen Mama die Augen zu. Sie streckte noch die Hand aus, um ihre Tochter zu streicheln, doch bevor sie Ullas Arm erreichte, war sie eingeschlafen.
Ulla ging rasch hinaus und rannte in ihr Zimmer. Sie warf sich auf ihr Bett und weinte und weinte und weinte. Karel kam zu ihr ins Zimmer. Er setzte sich, ohne ein Wort zu sagen, neben sie. Die Geschwister weinten zusammen. Dann stand Karel auf, sagte: »Scheiße, Ulla. Was für eine Scheiße«, und ging aus dem Zimmer.

3. Kapitel

Im Januar, an einem Freitag, kam Papa morgens ganz früh in Ullas Zimmer, setzte sich an ihr Bett, umarmte sie und sagte: »Mama ist heute Nacht gegangen.«
»Wohin?«, fragte Ulla. »Wohin ist sie gegangen? Sie kann doch gar nicht mehr laufen.«
Doch dann sah sie ihren Papa an und verstand. Sie hielten sich lange in den Armen und weinten beide. Zusammen gingen sie zu Karel und Paul, um sie zu wecken und ihnen zu sagen, dass ihre Mama sie für immer verlassen hatte.
Die Geschwister wollten die tote Mama noch einmal sehen, um sie zu küssen und zu streicheln, aber Papa erlaubte es nicht.
»Sie ist schon gegangen«, sagte er zu ihnen, »sie liegt nicht mehr in ihrem Bett. Glaubt mir, es ist nicht mehr Mama, die dort liegt.«

Es war ein schrecklicher Tag. Alle saßen nur in ihrem Zimmer. Papa kam immer wieder zu ihnen und brachte ihnen Kakao und Schnitten, aber keiner konnte etwa essen.
Papa telefonierte sehr viel. Um neun Uhr kam ihr Hausarzt. Er gab allen die Hand und sagte, wie Leid es ihm tue. Dann ging er mit Papa in das Schlafzimmer. Er musste sich die tote Mama ansehen, um den Totenschein auszustellen. Nachdem er gegangen war, bat Papa die Kinder, in das Wohnzimmer zu kommen.
»Mama wird gleich abgeholt«, sagte er, als sie um den Tisch herum saßen. Dann verbesserte er sich: »Mamas Leichnam, meine ich.«
Ulla schluchzte laut auf.
»Ich wollte es nicht«, sagte Papa, »ich dachte, sie könnte noch eine Nacht bei uns bleiben, aber Doktor Schröder sagte, das sei nicht erlaubt. Sie muss noch heute in eine Leichenhalle gebracht werden, das ist Vorschrift.«
»Dann will ich sie aber noch einmal sehen«, sagte Paul, doch Papa schüttelte den Kopf: »Bitte nicht, Paul. In eurer Erinnerung soll sie lebendig sein und nicht tot.«
Sie sahen sich nicht an, alle schauten nur auf den Tisch und kämpften mit den Tränen.
Am Nachmittag fuhr ein schwarzer Wagen vor. Zwei Männer kamen in ihr Haus. Sie gingen mit Papa ins

Schlafzimmer. Wenige Minuten später kamen sie mit einer Bahre aus dem Zimmer, auf der zugedeckt Mamas Leichnam lag. Sie stellten sie im Flur ab und fragten, ob die Kinder sie noch einmal sehen wollten. Papa sah Karel, Paul und Ulla an. Keiner sagte etwas und Papa schüttelte den Kopf. Die Männer gingen mit der Bahre hinaus und dann fuhr der schwarze Wagen davon. Sie standen zusammen am Fenster und sahen ihm lange hinterher, auch dann noch, als er längst nicht mehr zu sehen war.

»Ihr müsst mir jetzt alle helfen«, sagte Papa, »es gibt viel zu telefonieren und zu schreiben. Wir müssen doch allen Bescheid geben.«

Den ganzen Abend saßen sie im Wohnzimmer und schrieben an Verwandte und Freunde traurige Briefe.

Als Ulla zwei Tage später mit Papa und ihren Brüdern im Wohnzimmer saß und sich Fotos ansah, auf denen sie alle zu sehen waren, auch die Mama, gab es plötzlich einen lauten Knall im Haus. Alle vier erschraken. Es hatte sich angehört, als sei ihrer Mama in der Küche ein Teller heruntergefallen und in tausend Stücke zerplatzt.

Sie gingen ganz vorsichtig und ohne etwas zu sagen in die Küche, aber da war nichts, kein kaputter Teller und keine Mama. Aber als sie im Bad nachschauten, sahen sie Mamas Kosmetikspiegel auf den Fliesen liegen. Er war von der Wand heruntergefallen und

zersplittert, obwohl keiner von ihnen im Bad gewesen war.
Ulla hatte diesen Spiegel sehr geliebt, denn er war gebogen und vergrößerte alles und man konnte die schönsten Grimassen in ihm schneiden. Doch nun lag er auf dem Boden. Es war ihnen allen ein bisschen unheimlich und vorsichtig las Papa die Scherben auf.
Am Nachmittag kam Marlene, Ullas Schulfreundin. Als Ulla ihr die Tür öffnete, sah sie gleich, dass Marlene Bescheid wusste.
»Ich wollte dir nur die Hausaufgaben bringen«, sagte sie und sah sie dabei ganz erschrocken an.
»Das ist lieb von dir. Komm rein«, sagte Ulla.
Sie gingen schweigend in ihr Zimmer, dann umarmten sie sich und weinten zusammen.
»Wenn ich mir vorstelle, dass meine Mama stirbt«, sagte Marlene, aber dann brach sie ab und beide Mädchen heulten laut auf.
»Was wirst du jetzt machen? Wie wird es weitergehen?«
»Das weiß ich nicht.«
»Kommst du wieder in die Schule?«
»Sicher. Natürlich. Sobald ich kann«, sagte Ulla.
Marlene nickte.
»Und wie geht es dir?«, fragte Ulla.
»Ich kann auch nur noch weinen. Ich denke auch an nichts anderes. Nur an dich.«

»Kommst du zur Beerdigung meiner Mama?«
»Natürlich. Meine Eltern wollen auch kommen. Alle wollen kommen.«
Als sie sich eine Stunde später verabschiedeten, begleitete Ulla ihre Freundin an die Haustür. Über die Schularbeiten hatten sie überhaupt nicht gesprochen.

Eine Woche später haben sie ihre Mama begraben. Viele Leute kamen, sehr viele. Sie legten so viele Blumen auf ihr Grab, dass ein riesiger bunter Hügel entstand. Wunderschön war das Grab. Aber alle, die es sich ansahen, waren traurig. Unter diesem Berg von Blumen, in dem hölzernen Sarg, den sechs Männer mit Stricken in die ausgehobene Grube gelassen hatten, lag nun ihre schöne Mama, die immer so viel gelacht hatte. Nun war sie kalt und stumm und lachen würde sie nie wieder. Ulla konnte es einfach nicht verstehen.
Fast alle Verwandten waren gekommen und alle wollten mit Papa und Karel und Paul und Ulla über Mama sprechen. Das war am schlimmsten, denn keiner von ihnen wollte und konnte immerfort mit jedem über Mama reden.
»Geht schon vor«, sagte Papa zu seinen Kindern, als er bemerkte, dass sie immerzu mit den Tränen zu kämpfen hatten, »geht schon vor und setzt Wasser auf. Und den Kuchen könnt ihr auch schon aufschneiden.«

Nachdem alle vom Friedhof ins Haus gekommen waren, aßen und tranken sie etwas. Einige Verwandte, die von weit her angereist waren, wollten für eine Nacht bei ihnen wohnen und für Ulla und ihre Brüder gab es viel zu tun. Die Nachbarin, Frau Tewel, half ihnen, und auch Marlene war mitgekommen, um Ulla beizustehen.
Papa zeigte einen von Mamas Filmen, einen Dokumentarfilm über eine Malerin. Mama sprach in dem Film selbst den Kommentar. Es war ganz still in dem großen Zimmer mit den vielen Leuten, als noch einmal ihre Stimme zu hören war. Ulla schloss die Augen. Sie sah Mama vor sich und lächelte.
Als der Film zu Ende war, dauerte es einige Minuten, bis die vielen Leute wieder miteinander ins Gespräch kamen.

4. Kapitel

Daheim war nun alles anders geworden. Es gab nie wieder das tolle Essen, das Mama gekocht hatte, denn nun stand Papa in der Küche und kochte.
Zweimal in der Woche gab es Spaghetti mit Tomatensoße, was eigentlich Ullas Lieblingsessen war, aber nach einigen Wochen konnte sie es nicht mehr riechen und essen schon gar nicht.
An den anderen Tagen kochte er Gemüse für alle oder briet Schnitzel und dazu gab es eine Scheibe Brot. Das nannte Papa dann »französisch essen«, aber Paul meinte, er glaube nicht, dass man in Frankreich so jammervoll speise.
Und immer vergaß Papa etwas beim Kochen. Mal fehlte das Salz oder ein Gewürz. Manchmal setzte er Kartoffeln auf und dachte nicht daran, auch Wasser in den Topf zu gießen.

Eines Tages saßen sie zu viert im Wohnzimmer, spielten Karten und warteten darauf, dass das Essen in der Küche fertig wurde. Plötzlich sagte Paul: »Es riecht irgendwie merkwürdig.«
Karel, sein Bruder, hob den Kopf, schnüffelte und erklärte: »Das ist weder korrekt noch ausreichend präzis. Es riecht nicht, es stinkt.«
»Der Rosenkohl«, rief Papa und alle rannten in die Küche.
Papa wollte den Deckel vom Topf nehmen, aber er verbrannte sich die Finger. Karel griff nach einem Topflappen und hob den Deckel hoch.
Als er ihn herunternahm, blühten die kleinen Knospen des Rosenkohls für zwei Sekunden auf. Sie leuchteten feuerrot und strahlten schöner als die schönsten Rosen. Und ebenso rasch wurden sie grau und unansehnlich und zerfielen zu Asche.
»Wunderbar«, rief Ulla, »ist das herrlich! So schöne Blumen! Wie auf Mamas Grab.«
»Ja«, sagte Papa und starrte auf die Asche in dem Topf, »wie gemalt.« Und dann fügte er hinzu: »Mama war so schön, nicht wahr!«
Paul sagte nur: »Ach, darum heißt dieser Kohl Rosenkohl, weil er schöner ist als alle Rosen zusammen, wenn man ihn nur richtig behandelt und kein Wasser in den Topf gibt.«
»Unsinn«, sagte Karel, »durch den geschlossenen

Deckel ist ein Vakuum entstanden und der Kohl bekam keinen Sauerstoff. Als ich den Deckel heruntemahm, gab es eine heftige und rasche Oxidation. Das war alles.«

»Schön war es trotzdem«, erwiderte Ulla, »nur haben wir jetzt nichts zu essen.«

Und dann säuberten sie den ganzen Tag die Küche, denn alle Schränke, die Fensterscheibe und die Wände waren mit einer ekligen Fettschicht überzogen.

Alles war nun anders.

Wenn Ulla wissen wollte, ob die roten Schuhe zu ihrem Faltenkleid passten oder besser die Sandalen mit den beiden Lederschleifchen, dann brachte Papa es fertig, minutenlang auf ihre Schuhe zu starren, sich den Kopf zu kratzen und nichts zu sagen. Und wenn Ulla dann ungeduldig ihre Frage wiederholte, weil sie glaubte, er hätte sie vergessen, dann konnte es passieren, dass Papa sie ratlos ansah und zu ihr sagte: »Frag Mama.«

Erschreckt sah sie ihm ins Gesicht, weil sie wissen wollte, ob das ein Spaß sein sollte. Aber auch der Papa war über die eigenen Worte erschrocken. Seine Augen wurden dunkel und dann umarmten sich beide.

Am schlimmsten aber war es abends, wenn sie ins Bett ging.
Nun kam Papa statt der Mama zu ihr, setzte sich auf die Bettkante und las ihr etwas vor. Und sosehr er sich auch bemühte, als Mama ihr vorgelesen hatte, war alles viel schöner. Bei Papa klangen die lustigsten Geschichten traurig. Selbst wenn ein Märchen gut und glücklich zu Ende ging, so wie Papa es vorlas, bekam man dabei Lust zu weinen. Und wenn er ihr den Gute-Nacht-Kuss gegeben und das Licht gelöscht hatte, dann weinte Ulla wirklich, denn nachts fehlte ihr Mama am meisten.

An einem Abend, als Papa schon längst aus dem Zimmer gegangen war und sie die ganze Zeit an Mama dachte und weinte, kam Paul in ihr Zimmer und legte sich neben sie ins Bett. Ulla bemühte sich, nun lautlos zu weinen, aber alles, was sie damit erreichte, war, dass sie heftigen Schluckauf bekam und noch lauter zu weinen begann als zuvor.
Paul streichelte ihre Wange und dann sagte er: »Hör auf zu heulen, Ulla. Du bist doch kein Baby mehr. Es ist einfach dumm von dir zu weinen, ganz dumm. Mama ist von uns gegangen, das ist nicht schön, aber da muss man doch nicht herumheulen.«
»Ich will nicht, dass Mama weg ist«, sagte Ulla und die Tränen rannen über ihr Gesicht, »und ich verstehe

es auch nicht, dass sie nie mehr wiederkommen wird. Ich weiß, dass sie gestorben ist, aber ich verstehe es nicht.«

»Verstehen kann ich es auch nicht«, sagte ihr Bruder. »Wenn es jetzt klingeln würde und Mama stände vor der Tür, weißt du, ich wäre überhaupt nicht verwundert. Sie ist gestorben, das weiß ich, aber für mich ist sie nicht tot. Verstehst du?«

»Geht mir auch so«, sagte Paul, »wenn sie jetzt ins Zimmer käme, dann würde ich wohl nur sagen: Hallo, Mama, ich dachte schon, du wärst tot. Und Mama würde sagen: Red nicht so einen Quatsch, Paul.«

Ulla lachte und zugleich weinte sie: »Aber sie kommt nicht herein. Ich starre immerzu auf die Tür. Doch sie kommt nicht.«

»Ja, Mama ist in eine andere Welt gegangen«, sagte Paul, »die keiner von uns kennt. Vielleicht ist es ein anderes Land, wo sie jetzt ist, das Paradies, wie manche sagen. Oder es ist das Nichts, wie andere meinen. So wie das Weltall. Es soll ein endloser Raum sein, in dem die Planeten kreisen und ihre Sphärenmusik erklingen lassen, die für uns nicht hörbar ist, noch nicht. Aber Mama kann sie jetzt hören und Oma und Opa und die anderen, die schon dorthin gegangen sind. Wo immer sie jetzt auch sind, es muss dort wunderbar sein, Ulla, denn noch nie ist einer von dort zurückgekommen.

»Aber wieso kommt sie nicht zurück, wenn sie uns liebt? Und wenn es da noch so schön ist, wieso bleibt sie dort und lässt uns hier allein? Warum hat sie uns verlassen, Paul?«

»Sie wollte doch nicht, Ulla. Sie ist doch nicht freiwillig von uns weggegangen, das weißt du doch. Verstehen kann ich das auch alles nicht. Aber verloren hast du sie trotzdem nicht. Du brauchst nur an sie zu denken und schon siehst du sie und kannst mit ihr sprechen. Wenn du nicht weißt, welche Schuhe du anziehen sollst, denk an sie, und du wirst sofort hören, was sie dir sagt. Oder vielmehr, was sie dir sagen würde. Du kennst doch Mama. Du weißt ganz genau, was sie dir raten würde. Also stell dich nicht so an. Sprich einfach mit ihr und du wirst sie hören. Glaube mir, Ulla. Versuch es nur.«

»Ich weiß«, sagte seine kleine Schwester und heulte noch lauter, »aber Mama ist nicht mehr da. Und ich werde sie nie wieder sehen.«

»Das ist noch dümmer, Ulla. Weißt du noch, wie wir mit Mama im Supermarkt einkaufen waren und wir dich verloren hatten? Du warst bei den Teddybären stehen geblieben und plötzlich hatten wir uns aus den Augen verloren. Mama war ganz aufgeregt. Wir liefen die Reihen immer wieder auf und ab. Du standest irgendwo in einer Ecke und heultest. Die Leute um dich herum versuchten, dich zu trösten, aber du sahst nur fremde Gesichter und heultest noch lauter. Den ganzen Laden hast du damals zusammengeheult. Als wir dich endlich fanden, haben alle Leute gelacht. Aber da warst du auch noch klein, da warst du erst fünf Jahre alt. Es war dumm von dir zu heulen, denn natürlich hast du uns wieder gefunden. Oder vielmehr, wir dich. Es war dumm, aber du warst auch noch so klein. Und jetzt ist es so wie damals im Supermarkt, doch du bist ein großes Mädchen und musst deswegen nicht mehr weinen. Mama ist gegangen, und wir haben das Gefühl, der Himmel stürzte über uns ein und unser Haus sei über Nacht verwelkt. Aber das sind Dummheiten. Mama ist nur vorausgegangen und wir werden, ob du willst oder nicht, ihr hinterhergehen. Da sollten wir ihr und uns nicht noch das Herz schwer machen mit Herumheulen. Du musst groß werden und ein paar Dinge noch lernen und dann irgendetwas Schönes machen, damit Mama stolz auf dich sein kann. Vielleicht sieht sie dich und mich und Papa und Karel und Butz und Strolch, aber ganz sicher erwartet sie uns. Und wenn sie dich dann fragt, was du gemacht hast, was willst du ihr sagen? Dass du nur herumgeheult hast? Na, du weißt ganz genau, was dir Mama darauf sagen würde. Stell dich nicht so an, Ulla, würde sie sagen, so ist nun mal das Leben. Also ist es dumm zu heulen.«

»Aber Papa weint doch auch.«

»Ja. Papa ist halt auch dumm.«
»Und du weinst auch, Paul. Ich habe es gesehen.«
»Erstens stimmt das überhaupt nicht. Und zweitens bin sogar ich manchmal etwas dumm. So, und nun schlaf. Und wenn du an Mama denkst, dann lach und heule nicht. Mama war doch kein Trauerkloß, oder?« Dann stand er auf, klopfte ihr zärtlich auf die Schulter und ging in sein Zimmer.

Am nächsten Tag erzählte Ulla am Frühstückstisch, was ihr Paul gesagt hatte und dass es sehr dumm sei zu weinen und dass sie seitdem noch überhaupt nicht und ganz und gar nicht geweint habe.
Papa hörte ihr zu, sah dann Paul an und meinte, dass sein kluger Sohn wohl Recht habe.
Und selbst Karel widersprach seinem Bruder nicht, obwohl das alles wahrscheinlich unbewiesen ist und unbeweisbar.

5. Kapitel

An einem Sonntag rief Papa Ulla in das Schlafzimmer. Er stand vor dem geöffneten Kleiderschrank und fragte sie, was sie mit Mamas Sachen machen sollten.
»Die behalten wir«, erklärte Ulla.
»Ja, aber wozu? Wir brauchen sie nicht mehr.«
»Es sind Mamas Sachen«, sagte Ulla empört, »die kannst du nicht einfach weggeben. Wir können ja auch nicht deine Sachen hinter deinem Rücken einfach verkaufen.«
Papa nickte nur, aber er war mit seiner Tochter nicht einverstanden. Am Nachmittag sprach er mit all seinen Kindern darüber, und Karel und Paul überredeten Ulla, dem Verkauf von Mamas Kleidung zuzustimmen.
»Du kannst dir ja etwas aussuchen. Du behältst, was du willst«, sagte Paul, »aber wenn ich den Kleider-

schrank aufmache und immerzu Mamas Sachen darin sehe, das würde mir nicht gefallen. Irgendwie würde ich immer denken, gleich kommt sie ins Zimmer, um sich umzuziehen.«

Ullas Tanten wurden eingeladen. Sie kamen und suchten sich ein paar Stücke aus, ein Kostüm und einen Mantel, ein paar von Mamas Handtaschen und die Winterstiefel.

Karel schaute die Zeitungen durch und fand eine Anzeige, in der ein Mann mitteilte, dass er Kleidung und alte Möbel kaufen würde. Papa telefonierte mit ihm, und er versprach, sich alles am nächsten Vormittag anzusehen.

Er kam mit einem kleinen Lieferwagen vorgefahren und sagte, er habe einen Gebrauchtwarenhandel und kaufe ausnahmslos alles zusammen zu einem Pauschalpreis. Papa nahm Mamas Kleider aus dem Schrank, um sie dem Mann zu zeigen, und legte sie dann auf das große Bett im Schlafzimmer.

Als er das schwarze Kleid mit den Pailletten herausnahm, schrie Ulla auf und riss ihrem Papa das Kleid aus der Hand: »Nein, das darfst du nicht verkaufen. Das war Mamas Lieblingskleid.«

»Ich weiß«, sagte ihr Vater, »aber was sollen wir jetzt damit?«

»Wir behalten es. Dieses Kleid und das rote und das Sommerkleid. Die verkaufen wir nicht«, erklärte Ulla.

»Wie du willst«, nickte der Gebrauchtwarenhändler, »auf die drei Kleider kann ich verzichten.«
»Was willst du damit?«, fragte Papa.
»Ich will sie behalten. Für später. Wenn ich groß bin, trage ich sie.«
Karel stöhnte auf: »Wenn du groß bist, ist das tausendmal unmodern.«
»Unmodern? Was redest du? Es sind Mamas Kleider. Die werden nie unmodern.«
Der Gebrauchtwarenhändler packte die restlichen Kleider in zwei große Plastiktüten und erkundigte sich, ob noch andere Sachen zu kaufen wären, schöne alte Möbel oder Schmuck. Papa schüttelte den Kopf.
»Schade. Dann kommen wir zum Geschäftlichen.«
Er zog sein Portemonnaie heraus, kratzte sich den Kopf, überlegte und griff dann nach einem Schein.
»Zwanzig. Einverstanden?«
»Nur zwanzig Euro? Für so viele Kleider?«
»Ich weiß, es ist wenig. Und ich ahne, was Sie dafür einmal bezahlt haben. Aber ich muss das alles verkaufen und bekomme auch nicht viel mehr. Wenn es Ihnen zu wenig ist, auch gut. Ich kann Sie verstehen. Aber dann müssen Sie es einem anderen verkaufen.«
Papa seufzte und wollte schon zustimmen, als Paul sich einmischte: »Sagen wir vierzig. Denn wir sind vier Personen und vierzig lässt sich besser durch vier teilen.«

Der Gebrauchtwarenhändler lachte: »Zwanzig lässt sich auch sehr gut durch vier teilen. Aber einverstanden, Herr Pfiffig.«
Er griff noch einmal in sein Portemonnaie und holte einen weiteren Schein heraus.
Nachdem er mit den Säcken, in denen Mamas Kleidung war, das Haus verlassen hatte, sagte keiner ein Wort. Ulla nahm die drei Kleider, die sie gerettet hatte, und hängte sie in ihrem Schrank auf.

Eine Stunde später kam Papa zu ihr mit Mamas Perlenkette. »Mamas Schmuck verkaufe ich nicht«, sagte er, »den hebe ich auf. Er bleibt in ihrer Schmuckschatulle, und wenn du groß bist, wirst du ihn tragen.«
Ulla nickte. Freuen konnte sie sich nicht, obwohl sie Mama um ihren Schmuck immer beneidet hatte.
»Ihre Perlenkette bekommst du jetzt schon«, fuhr Papa fort, »aber du darfst sie nicht in der Schule tragen und nicht beim Spielen. Dafür ist sie zu wertvoll.«
Das verstand Ulla. Papa fragte, ob er ihr die Kette umlegen solle. Sie nahm schon ihr Haar zur Seite, aber dann schüttelte sie den Kopf.
»Nein, ich kann sie noch nicht tragen. Es ist immer noch Mamas Kette.«
»Das ist nicht richtig«, erwiderte ihr Vater, »sie ge-

hört ihr und dir. Jetzt habt ihr eine Kette gemeinsam.«
Er legte ihr die Perlen in die Hand. Ulla glitt mit den Fingern darüber. Die Perlen glänzten matt und silbrig. Ulla hatte sie immer bewundert, wenn ihre Mama sie trug, aber nun hatte sie gar keine Lust, sie sich um den Hals zu legen. Sie verstand sich selber nicht.

6. Kapitel

An den Samstagen und an den Sonntagen kam nun immer jemand aus der Verwandtschaft, um für sie zu kochen, Tante Kerstin und Tante Gabriele und Tante Andrea, die auch zur Familie gehörte, aber bei der keiner wusste, wieso eigentlich. Und zweimal kam auch Heiner. Der war ein richtiger Koch und kochte ihnen in vier Stunden die Mahlzeiten für eine ganze Woche, die er dann in die Tiefkühltruhe stellte. Sie alle brachten Lebensmittel mit, Karel hatte nur Kartoffeln und Reis einzukaufen. Alles, was sie kochten, schmeckte sehr gut. Heiner hatte sogar für jeden Wochentag ein anderes Dessert zubereitet, das er in den Kühlschrank stellte oder einfror.
Nachdem einmal Tante Kerstin für sie das Mittagessen gekocht hatte und wieder gegangen war und die Familie zu Tisch saß, sagte Paul: »Wunderbar. Alles prima.«

Er sagte es tonlos und so traurig, dass sein Vater ihn überrascht ansah: »Was ist mit dir, Junge? Es schmeckt doch wirklich sehr gut.«
»Ja. Wahrscheinlich schmeckt es sehr gut. Aber mir schmeckt es nicht.«
»Was schmeckt dir nicht? Das Essen?«
»Ich fürchte, ich bekomme eine kahle Stelle hier hinten.«
Paul drehte sich um und wies auf seinen Hinterkopf. Alle schauten dahin, worauf er mit seinem Finger wies, aber sie konnten nichts Ungewöhnliches entdecken.
»Du täuschst dich, Paul. Es ist alles in Ordnung.«
»Nein, es ist nichts in Ordnung. Es kann gar nicht sein. Alle sagen zu mir: armer Paul, und dann tätscheln sie mir den Kopf. Ich weiß doch selbst, dass Mama tot ist. Muss mir das jeder immer wieder neu erzählen?«
»Ach so«, sagte Papa, »sie haben halt Mitleid mit uns.«
»Ich will aber kein Mitleid. Ich brauche ihr Mitleid nicht. Das können sie für sich behalten.«
»Paul hat Recht«, mischte sich Ulla ins Gespräch, »alle schauen einen so an, als ob sie gleich weinen wollen. Ich will nicht immerfort und mit jedem über Mama reden.«
»Aber sie meinen es doch gut mit euch.«

»Ja. Aber so viel Rücksicht ist einfach rücksichtslos«, sagte Paul,
Ulla nickte heftig: »Mama war schließlich kein Trauerkloß, oder?«
»Geht es dir auch so?«, fragte Papa seinen großen Sohn.
Karel schwieg und sah vor sich auf seinen Teller.
»Karel?«, sagte Papa bekümmert, als sein Sohn noch immer schweigend am Tisch saß und keinen ansah.
»Na ja«, sagte Karel schließlich, »irgendwie finde ich es auch nicht gut. Ich möchte, dass sie uns in Ruhe lassen. Allein sind wir ja nicht, wir sind schließlich zu viert. Und diese Trauermienen helfen keinem. Vorgestern saß ich den ganzen Vormittag an einer neuen Erfindung. Wenn alles klappt, werde ich sie zum Patent anmelden. Es soll ein Küchenschrank werden, der sich selbst und alles, was sich in ihm befindet, reinigt. Man stellt das Geschirr nach dem Essen einfach in den Schrank zurück, drückt auf den Knopf, der die Konkordanzwelle anstellt, und nach fünf Minuten ist alles sauber. Das Geschirr ist sogar aseptisch, was man mit heißem Wasser nie erreichen kann. Und ich war gerade kurz vor der Lösung, da klingelte es und Tante Kerstin kam und da war alles vorbei. Sie hat nur noch über Mama geredet und ich konnte auch den ganzen Tag an nichts anderes mehr denken. Nein, hilfreich ist es nicht.«

»Sie meinen es doch gut mit uns.«
»Ja, sie meinen es gut«, knurrte Karel, »aber gut gemeint ist das Gegenteil von richtig. Und das kann ich beweisen.«
»Heiner hat früher immer lustige Geschichten erzählt«, sagte Paul, »was in seinem Restaurant so alles passiert und was für komische Vögel seine Gäste dort sind. Aber jetzt erzählt er uns gar nichts mehr darüber. Mir hat er schon dreimal gesagt, dass er sehr oft an uns denke und dass er immerzu sich an Mama erinnere. Ich weiß nicht, was ich dazu sagen soll. Irgendwann werde ich ihn ›Onkel Heiner‹ nennen, auch wenn ihm das nicht passt. Aber so verhält er sich, wie ein Onkel.«
»Und das schöne Essen, was sie kochen?«
»Deine langweiligen Spaghetti schmecken besser, Papa«, sagte Ulla. »Ich esse lieber dein Essen, auch wenn das Salz mal fehlt oder die Rote Bete etwas angebrannt ist.«
Papa verzog das Gesicht und schien etwas gekränkt zu sein. »Aber mein Essen wird doch von Tag zu Tag besser, findet ihr nicht?«, fragte er seine Kinder, aber keines von ihnen wollte das bestätigen.
»Na schön«, sagte er schließlich, »ich rede mit ihnen. Aber lasst mich das machen. Wir wollen sie doch nicht kränken. Ich werde ihnen einfach sagen, dass wir keine Hilfe mehr brauchen.«

»Ja«, sagte Ulla, »und ich kann dir wirklich helfen. Ich habe ja immer bei Mama in der Küche gesessen, wenn sie gekocht hat. Ich weiß, was man machen muss, wenn etwas köcheln soll. Und den Unterschied zwischen einem Spritzer und einer Prise kenne ich auch.«

»Und naschen beherrschst du ebenfalls sehr gut«, pflichtete ihr Paul bei.

»Das ist kein Naschen. Wenn man kocht, muss man probieren, das hat Mama auch immer gemacht. Und das ist ganz etwas anderes als naschen.«

»Vielleicht nascht Papa nur zu wenig und darum schmeckt sein Essen etwas lausig«, gab Karel zu bedenken.

»Vielleicht«, sagte Papa, »dann werde ich mir auf meine alten Tage noch das Naschen angewöhnen müssen. Aber ich denke, dabei könnt ihr drei mir wirklich helfen. Da habt ihr ja ausreichend Erfahrungen gesammelt.«

7. Kapitel

Im April wurde der Grabstein aufgestellt. Es war ein merkwürdiger, ungewöhnlicher Stein, ein dreieckiger Marmor, auf dem Mamas Name stand und das Jahr ihrer Geburt und ihr Todesjahr, nichts weiter. Papa hatte mit den Kindern darüber gesprochen, und keines von ihnen wollte, dass noch irgendein Spruch darauf kommt. Dass man sie geliebt hat und sehr vermisst, so etwas musste man nicht mit großen Buchstaben verkünden. Ein Grabstein ist schließlich kein Lautsprecher. Und wie sie gelebt und was sie gemacht hatte, das gehörte nach ihrer Ansicht auch nicht auf einen Grabstein.

Ulla wollte, dass man ein Foto von Mama auf dem Stein anbringt, so wie sie es im Urlaub auf den Friedhöfen in Italien gesehen hatte. Aber Paul sagte, dann müsste er immer weinen, wenn er an ihrem Grab stehe, und alle in der Familie hätten ja schon ausreichend geweint, für die nächsten Jahre wäre der Bedarf gedeckt. Und so einigten sie sich auf den schmucklosen einfachen Stein, den Papa in seinem Garten liegen hatte. Er bearbeitete ihn natürlich selber, nur bei der Schrift ließ er sich von seinem Freund Carlo helfen. Der war Steinmetz und fertigte Grabmale an und wusste daher besser als Papa, wie man einen Stein beschreibt.

Der Grabhügel war mit einem kleinblättrigen Kriechgewächs bedeckt, einem Bodendecker. Die Geschwister hatten ihn bepflanzt. Eine winzige Zypresse, die Ulla nur bis zum Bauchnabel reichte, stand mitten auf dem Grab. Und der Stein von Papa stand auf einem stabilen Sockel, der tief in die Erde eingelassen war. Er leuchtete matt, wie es nur Steine können.

Alle vier gingen oft zum Grab, gemeinsam oder auch jeder allein. Papa fuhr bisweilen noch vor dem Wecken der Kinder auf den Friedhof, manchmal sogar bevor die Sonne aufging. Und an den Sonntagen machten sie alle zusammen mit Strolch einen Spaziergang. Und wohin sie auch immer gingen und was oder wen sie auch immer besuchten, sie kamen stets an Mamas Grab vorbei.

»Ich bin gern hier«, sagte Ulla, »ist das nicht merkwürdig? Denn Mama ist doch gar nicht hier, oder?«

»So ist es«, sagte Karel, »das Grab ist nur ein Symbol.«
»Das verstehe ich nicht. Was für ein Symbol?«
»Im Grab, da ist nur ein Leichnam. Das ist nicht Mama«, erklärte Papa, »da hast du ganz Recht, Ulla. Das Grab ist nur ein Zeichen. Und es ist auch nicht für sie. Mama braucht gar nichts mehr, jedenfalls nichts, was wir ihr hier auf der Erde geben könnten. Das Grab ist für uns, für dich und Karel und Paul und mich und für alle Freunde. Wir brauchen einen Ort für unsere Trauer, nur dafür haben wir das Grab. Weil wir es brauchen. Weil wir hier das Gefühl haben, ihr nahe zu sein. Das stimmt zwar gar nicht und ist nicht logisch, wie dir dein Bruder sicher beweisen kann, denn Mama ist uns überall gleich nahe und gleich fern. Aber für uns ist es gut, einen solchen Ort zu haben. Ich bin sehr gern hier. Wenn ich vor der Arbeit hierher gehe, dann kann ich den ganzen Tag viel besser arbeiten. Dann spüre ich genau, was der Stein, an dem ich arbeite, von mir will, wie er gewachsen ist und wo ich das Eisen ansetzen muss. Wenn ich zuvor an ihrem Grab war, kann ich leichter arbeiten, ruhiger, sicherer.«
»Geht mir auch so«, sagte Paul, »ich muss nur an sie denken, dann geht alles besser.«
»Und du«, fragte Ulla ihren Bruder Karel, »ist dir auch so zumute?«
Aber Karel hielt den Kopf gesenkt, schnaufte und

antwortete nicht. Er bückte sich zu Strolch und streichelte ihn heftig.
»Nein«, sagte er schließlich, »mir geht es hier nicht besser. Hier nicht und sonst wo nicht.«
Sie blieben ein paar Minuten vor dem Grab stehen. Papa ordnete ein paar der Pflanzen, und Paul legte einen Kieselstein, den er mitgebracht hatte, auf das Grabmal. »Das ist schöner als Blumen«, sagte er.
Papa fasste Karel an der Schulter und zog ihn hoch. »Komm, Junge, du musst mir daheim bei einem Stein helfen. Eine Kante sollst du für mich wegschlagen. Du bist groß und stark genug dafür. Ich habe die Stelle mit dem schwarzen Fettstift markiert.«
»Aber Papa, ich bin doch kein Künstler.«
»Das bin ich auch nicht. Ich bin nur ein Handwerker, der ein bisschen was vom Stein weiß und der Hammer und Meißel halten kann. Mehr weiß und kann ich auch nicht. Es ist eigentlich ganz einfach, Karel. Du musst dir einen Stein nur lange genug ansehen und auf ihn hören. Dann weißt du, was er will und was du zu machen hast. Alles andere geht sowieso nicht, das erlaubt der Stein nicht. Dann zeigt er dir eine lange Nase und bricht. Und da kannst du ein halbes Jahr daran gearbeitet haben, dann war alles für die Katz. Nicht wahr, Strolch?«
Strolch bellte zustimmend und verließ wie immer hinter ihnen und als Letzter den Friedhof.

8. Kapitel

Sie bekamen viel Besuch, seit Mama tot war. Nicht nur die Verwandten, auch viele Freunde schauten nun vorbei. Es kamen jetzt auch Leute, die sie lange nicht mehr gesehen hatten.

Eines Tages kam eine Frau Keil, die noch nie zu ihnen gekommen war. Sie hatte mit Papa auf der Kunsthochschule studiert, wie sie den Kindern sagte, und sie sei eine Kollegin von ihm.

Papa lief mit ihr durch den Garten. Er zeigte ihr seine Steine und redete über seine Arbeit. Dann aß die Frau mit der Familie Abendbrot und fragte die Kinder nach der Schule und wie sie jetzt zurechtkämen. Nachdem sie gegessen hatten, saß Papa mit ihr im Wohnzimmer und sie tranken zusammen eine Flasche Wein, bevor sie wieder das Haus verließ.

Nach ihrem dritten Besuch war Ulla besorgt. Sie

fragte Karel, was er von Frau Keil hielte, und er meinte, sie sei ganz nett und er wisse ja von Papa, dass er ihre Arbeiten sehr schätze.
»Und sonst?«, fragte Ulla.
»Was sonst? Was soll sonst noch sein?«
»Sie kommt sehr oft zu uns. Findest du nicht?«
»Vielleicht. War mir noch nicht aufgefallen. Aber nun störe mich nicht weiter. Du siehst doch, dass ich zu tun habe. Schau mal, Ulla, wie der Computer arbeitet. Ich habe ihm vor zwanzig Minuten eine unlösbare Aufgabe gestellt und er rechnet immer noch. Ich bin gespannt, wann er mitbekommt, dass diese Aufgabe paradox ist. Sie ist nämlich unentscheidbar. Da kann sich der Computer die Zähne ausbrechen.«
Ulla warf einen Blick auf Karels Computer, verdrehte die Augen und ging zu Paul, um auch ihn nach Frau Keil zu fragen.
»Aber sicher«, sagte Paul, »sie führt etwas im Schilde und das ist deutlich zu erkennen. Wir müssen aufpassen, dass sie keinen Keil in unsere Familie treibt, die Frau Keil. Wollen wir hoffen, dass Papa standhaft bleibt. Oder willst du sie als neue Mama?«
»Ich brauch keine neue Mama! Ich habe eine Mama, auch wenn sie tot ist. Und diese Frau Keil kann ich entbehren. Sie ist ja nett und Papa unterhält sich gern mit ihr, aber ich brauche sie nicht.«
»Wir könnten sie so sehr ärgern, dass sie einen Wut-

anfall kriegt. Und vielleicht haben wir Glück und wir bringen sie derart auf die Palme, dass sie einem von uns eine Ohrfeige gibt. Dann wäre das Problem ein für alle Mal gelöst.«

»Eine Ohrfeige? Ich will keine Ohrfeige.«

»Oder wir könnten mit Papa reden. Wir könnten ihn auf die Absichten von Frau Keil aufmerksam machen, denn ich glaube nicht, dass Papa schon etwas mitbekommen hat.«

»Bestimmt nicht. Papa ist da so unpraktisch wie Karel.«

»Aber ich weiß nicht, ob das etwas hilft«, sagte Paul, »vielleicht sollten wir einfach schweigen.«

»Schweigen? Nur schweigen? Ich will dazu nicht schweigen.«

»Versteh doch. Wenn sie kommt, sagen wir überhaupt nichts mehr. Nicht einmal Guten Tag. Schaffst du das, Ulla?«

»Der Keil nicht Guten Tag zu sagen? Nichts, was ich lieber tu.«

Und so stand Frau Keil bei ihrem nächsten Besuch einem Trupp sehr unhöflich schweigender Kinder gegenüber, von denen sie weder begrüßt wurde noch eine Antwort auf die freundlichste Frage erhielt. Auch Karel schwieg, obwohl ihn seine Geschwister in ihr Vorhaben nicht eingeweiht hatten. Das war bei ihm nicht nötig, denn Karel vermied es ohnehin, überflüssiges Zeug zu reden. Er habe festgestellt, hatte er eines Tages erklärt, dass nur zwei Prozent von dem, was jeder an jedem Tag rede, erwähnenswert seien. Der Rest sei, wie er sagte, Gequatsche, das man sich sparen könne. Aus diesem Grund säße er auch so gern vor seinem Computer, weil der keine unnötigen Worte mache.

Der Plan klappte vorzüglich. Frau Keil bemerkte die Feindseligkeit sofort. Und als sie nach dem Grund fragte, erhielt sie von Ulla und Paul keine Antwort und Karel sagte nur: »Was ist denn los? Ich verstehe Sie gar nicht.«

Papa fragte sie am nächsten Tag, warum sie zu Frau Keil so unwirsch gewesen wären und ob die Frau ihnen irgendetwas getan habe.

»Nein«, erwiderte Paul, »natürlich hat sie uns nichts getan. Das wäre ja noch schöner. Und wir waren auch nicht unwirsch zu ihr. Allenfalls etwas wirsch.«

»Na, redet schon«, forderte ihr Vater sie auf.

»Ich will keine neue Mama«, sagte Ulla, »ich brauche keine neue Mama.«

»Wie kommst du denn da drauf?« Papa war völlig verblüfft.

»Wie ich darauf komme? Ich kann doch zwei und zwei zusammenzählen.«

Ulla sah triumphierend ihren Vater an, der nichts mehr sagte, sondern lange nachdachte. Nachdem er ihr am Abend die Gute-Nacht-Geschichte vorgelesen hatte, legte er ihr eine Hand auf die Stirn und lächelte sie an.

»Schlaf schön, mein kleines kluges Mädchen«, sagte er dann, »und sei unbesorgt. Wir bereden doch alles in der Familie. Wir beraten gemeinsam, was es am nächsten Tag zu essen geben soll oder was wir am Wochenende unternehmen. Da wird doch keiner von uns und ohne mit den anderen darüber zu sprechen, die Familie mit einer neuen Mama überraschen. Meinst du nicht?«

Am Freitag kam Frau Keil nicht zu ihrem angekündigten Besuch. Sie rief an und teilte Papa mit, dass sie verhindert sei. Es musste eine gewaltige Verhinderung gewesen sein, denn sie erschien überhaupt nicht mehr.

9. Kapitel

Der Mai war gekommen. Das Gras im Garten wuchs und in Mamas Blumenbeeten blühten nicht nur ihre Blumen, sondern alle möglichen wilden Pflanzen.

»Kraut und Rüben«, sagte Paul, als sie im Garten Mamas Beete betrachteten, die sie immer so schön gepflegt hatte. »Bald wird es da Kartoffeln geben. Dann haben wir ausgesorgt.«

»Mamas Beete, das schaffe ich nicht auch noch«, sagte Papa bekümmert, »ich habe schon genug zu tun mit dem Grasmähen. Das muss ich im Frühjahr jede Woche machen, damit ich meine Steine wieder finde. Sonst ist eines Tages auch noch meine Pietà in dem hohen Gras verschwunden.«

»Ich kann das auch nicht«, sagte Karel bedrückt, »ich habe nicht Mamas grünen Daumen, wie sie immer sagte.«

»Ja«, sagte Ulla, »und du würdest auch nie mit den Blumen reden so wie Mama.«
»Natürlich nicht. So was ist Blödquatsch.«
»Aber Mama hat mit ihnen gesprochen und ihre Blumen gediehen immer besonders schön. Selbst den alten Nussbaum hat sie dazu gebracht, dass er wieder Nüsse trägt. Und das nur, weil sie mit ihm gesprochen hat.«
»Unsinn«, sagte Karel, »sie hat ihm den richtigen Dünger gegeben. Ein Baum braucht wie jedes Gewächs die angemessene Erde, basisch oder sauer, je nachdem. Entscheidend ist, wie viel Salpeter braucht ein Nussbaum, wie viel Phosphor, Kali und so weiter. Und darum hat sich der alte Baum erholt. Mit Pflanzen und Tieren zu sprechen, na, das hilft ihnen überhaupt nichts.«
»Auch nicht bei den Tieren? Das glaube ich nicht. Wenn ich mit Strolch rede, hört er mir genau zu. Und Papa bespricht sogar mit ihm seine Arbeit.«
»Na ja«, sagte Karel, »dazu will ich lieber nichts sagen.«
Auch Paul wollte die Blumenbeete nicht pflegen, obwohl sie für Mama so wichtig waren.
»Ich kann es nicht«, sagte er, »und wenn dann Jahr für Jahr dort alles Mögliche wächst außer Blumen, dann wäret ihr auch nicht zufrieden. Können wir nicht irgendjemanden dafür finden, der das kann und

jede Woche einmal vorbeikommt? So teuer kann das doch nicht sein. Oder wir machen grüne Wiese aus den Beeten.«

»Ich kann mit Frau Tewel sprechen, vielleicht hilft sie uns auch dabei«, sagte Papa. »Und noch etwas«, fügte er nach einer kleinen Pause hinzu, »was wollen wir mit Mamas Zimmer machen? Ich denke, wir müssen all ihre Sachen durchsehen und überlegen, was wir davon behalten wollen, von ihren Büchern und Filmen und ihren Sammlungen. Will einer von euch Mamas Steinsammlung?«

Keiner antwortete ihm.

»Und will einer von euch in Mamas Zimmer ziehen? Vielleicht Karel oder Paul? Dann hätte jeder sein eigenes Zimmer«, gab Papa zu bedenken.

»Nein, ich will nicht in Mamas Zimmer wohnen. Da könnte ich weder arbeiten noch schlafen«, sagte Karel.

»Und du, Paul?«

»Nein. Ich auch nicht. Außerdem, wenn ich nicht mehr mit Karel in einem Zimmer wohne und nicht mehr immer und zu allem, was ich mache, seinen klugen Kommentar zu hören bekomme, da würde mir was fehlen, glaube ich«, sagte er vergnügt.

»Na gut. Wir müssen das nicht gleich entscheiden. Bis zum Sommer hat es noch Zeit.«

»Was machen wir denn im Sommer?«, erkundigte

sich Ulla. »Fahren wir in die Ferien? Wir wollten doch nach...«
Sie brach plötzlich ab und schluckte. Auch die anderen drei waren bedrückt. In diesem Sommer, so war es schon lange verabredet, wollte man nach Island fahren. Dort lebte seit einem Jahrzehnt eine Freundin von Mama. Sie hatte einen Isländer geheiratet und Mama und die Familie immer wieder eingeladen, sie zu besuchen. Irgendwie hatte es nie geklappt, es war immer etwas dazwischengekommen. Aber in diesem Sommer, das hatte man fest verabredet, wollte man vier Wochen lang Island besuchen, das Eisland. Man wollte die heißen Springquellen sehen, die Geysire und Gletscher, die Seehunde und Rentiere. Und natürlich Angelika, Mamas Freundin. Aber nun, nach Mamas Tod, wollte keiner von ihnen nach Island fahren.
»Es ist Mamas Land«, sagte Paul.
Karel nickte. »Ja. Ich würde nur immerfort an sie denken, wenn ich dort wäre. Sie wollte Island sehen, sie war es, die uns jedes Jahr dazu überreden wollte. Und nun hat sie es nie gesehen. Nein, ich will nicht nach Island.«
»Und wie wäre es mit dem Schwarzwald?«, fragte Papa.
»Das klingt nach viel laufen«, sagte Karel.
»Wandern heißt das«, verbesserte ihn Ulla, aber Karel

fand, ein anderes Wort mache die Sache auch nicht besser.

»Wir könnten ja mit dem Fahrrad fahren«, schlug er vor, »dann haben wir in einer Woche den ganzen Schwarzwald gesehen.«

»Und wenn wir mit dem Auto fahren, schaffen wir alles an einem Tag«, ergänzte Paul spitz, »und mit einem Flugzeug bewältigen wir ihn in einer halben Stunde.«

»Aber dann sieht man doch nichts vom Wald«, rief Ulla.

»Unsinn«, sagte Karel, »heutzutage gibt es längst Multispektralkameras. Wenn du mit so einer megagalaktischen Kamera fotografierst, während du mit einem Düsenjet über den Schwarzwald rast, dann siehst du aber jede Wurzel und jedes Blatt auf den Fotos.«

»Und das würde dir gefallen?«

»Es wäre interessant. Interessanter jedenfalls, als tagelang durch einen Wald zu traben.«

Ulla war entsetzt über ihren Bruder. Papa lachte nur und sagte, sie könnten ja abwechselnd wandern und Fahrrad fahren, dann wäre jedem geholfen. Aber alle waren zufrieden, dass keiner von ihnen auf dem alten Plan beharrte und nach Island reisen wollte.

10. Kapitel

Hoher Besuch hatte sich bei Papa angekündigt. Der Bischof aus der süddeutschen Domstadt, der die Pietà bei Papa bestellt hatte, wollte kommen, um die entstehende Statue zu sehen, wie er geschrieben hatte. Er hatte schon im Februar kommen wollen, aber Papa hatte ihn gebeten, später zu kommen, da er nach dem Tod von Mama kaum dazu kam, an dem Stein zu arbeiten.

»Er will mir den Stein wegholen«, sagte Papa, als er den Brief las, in dem der Bischof seinen Besuch anmeldete. Er war etwas ängstlich, weil seine Figur, die Mutter Gottes mit dem toten Christus, vermutlich nicht den Vorstellungen des Bischofs entsprach.

»Wegholen? Sie gehört ihm doch«, sagte Ulla, »er hat die Statue bei dir bestellt und wird sie bezahlen. Du musst ihm die Maria geben.«

»Jaja«, knurrte Papa, »aber er bekommt sie erst, wenn sie fertig ist. Und das dauert noch etwas.«

»Hast du dich wirklich in deine Statue verliebt? Das ist doch kein Mensch, sondern nur Stein.«

»Nein, Ulla, ich habe mich nicht in den Stein verliebt. Das hat Mama nicht so gemeint. Ich will nur meine Arbeit richtig machen. Sie soll vollkommen sein, wenn sie aus unserem Garten geht.«

»Wie kommt der Bischof? Mit einem Flugzeug?«

»Das glaube ich nicht. Er hat sicher ein großes Auto und einen Fahrer. Vielleicht kommt er auch mit Gefolge. Als ich bei ihm war, standen mindestens zehn Männer um ihn herum. Das war wie bei einem Empfang der englischen Königin. Nur, es waren alles Männer.«

»Dürfen wir dabei sein?«

»Wenn es euch nicht zu langweilig wird, natürlich.«

Der Bischof kam allein. Er hatte keinen Fahrer, sondern fuhr selber, und sein Auto war ein kleiner roter Sportwagen. Ulla war enttäuscht, weil er nicht im Bischofsgewand gekommen war. Er trug nämlich nur einen einfachen Anzug und sah so gewöhnlich aus wie Herr Lorentz, ihr Mathematiklehrer. Gewiss war keinem in der Straße dieser Besuch aufgefallen, und am nächsten Schultag würde sie keiner in der Klasse fragen, was für wichtige Leute bei ihnen gewesen

waren. Sie hatte gehofft, er käme mit seinem roten Gewand und der hohen Mütze.
Papa redete ihn mit »Herr Bischof« und »Hochwürden« an, aber der Besucher bat, auf Formalitäten zu verzichten. Er heiße Philipp Kleemann und Papa möge ihn einfach mit seinem Namen anreden. Er gab Ulla, Paul und Karel die Hand und auch Strolch wurde begrüßt. Papa bat ihn ins Haus, um ihm Kaffee oder Wasser anzubieten, aber der Bischof dankte und lehnte ab. Zuallererst wolle er die Pietà sehen, seine Statue.
Sie gingen in den Garten. Strolch rannte vorneweg und die drei Kinder liefen ihnen hinterher. Als sie vor der Mutter Maria mit dem toten Jesus standen, sagte Papa ein paar Worte über den ausgesuchten Marmor und seine Arbeit. Da aber der Bischof nichts erwiderte, verstummte Papa bald und steckte sich eine Zigarre an.
Eine halbe Stunde lang lief der Bischof um die Statue herum. Ab und zu blieb er stehen, fasste sie an, ging einige Meter zurück, um sie aus der Ferne zu betrachten, um dann wieder ganz dicht an sie heranzutreten. Es war nicht zu erkennen, ob ihm Papas Arbeit gefiel.
Endlich stellte er sich neben Papa und sah ihn an. Alle warteten darauf, dass er etwas über die Pietà sagte. Sogar Strolch stand vor ihm und sah zu ihm hoch.

Der Bischof räusperte sich und sagte dann: »Das ist ein feines Kraut, was Sie da rauchen, Meister.«
Papa nickte: »Ja, die sind gut. Ich bekomme davon jedes Jahr ein Kistchen. Vor sechs Jahren habe ich für den Bischof von Santiago de Cuba einen schwarzen Christus gemacht und seitdem bekomme ich jedes Jahr zu Christi Geburt eine kleine Kiste mit diesen Zigarren von ihm. Es ist eine Monte Cristo, ein wirklich gutes Kraut.«
»Sehr löblich von meinem Amtsbruder. Und nun hoffen Sie, dass ich seinem Beispiel folge?«
Papa lachte nur.
Der Bischof wedelte sich mit der Hand etwas von dem Zigarrenrauch zu, atmete tief ein und sagte: »Wirklich, eine gute Zigarre. Mein Amtsbruder ist zu beneiden.«
»Darf ich Ihnen eine anbieten, Herr Kleemann?«
»Danke. Gern. So war das auch gemeint.«
Er nahm sich eine Zigarre von Papa und zündete sie sich mit einem Streichholz an. Dann ging er rauchend wieder um die Statue, um sie zu betrachten.
»Ungewöhnlich«, sagte er, »überraschend. Die Pfarrkinder werden Augen machen.«
Papa nickte: »Ja, das soll die Kunst. Sie soll uns sehen helfen. Sie soll uns die Augen öffnen. Uns Augen machen.«
Der Bischof nickte zustimmend und sagte: »Und

jetzt würde ich gern einen Kaffee trinken. Und ein kleines scharfes Wässerchen dazu wäre mir auch recht. Denn wenn es Ihnen recht ist, möchte ich über Nacht bleiben. Ich will die Pietà am Abend sehen, in der Nacht und am Morgen. Erst dann kann ich etwas zu ihr sagen.«

Papa drehte sich zu seinen Kindern um und sagte zu ihnen: »Habt ihr das gehört? Ein Mann mit Kunstverstand. Das ist selten.«

»Selten in einem hohen Amt, meinen Sie?«, fragte der Bischof lachend.

»Man erlebt so einiges«, erwiderte Papa ausweichend. »Wo werden Sie übernachten?«

»Ich habe in der Straße eine kleine Pension gesehen. Ich werde mich erkundigen, ob ein Zimmer frei ist.«

»Darf ich Ihnen ein Zimmer bei uns anbieten?«, fragte Papa. »Besser als die Pension ist es allemal. Und Sie können Tag und Nacht zur Pietà gehen.«

»Einverstanden. Ich hatte gehofft, dass ich hier schlafen kann. Denn wegen meiner Maria bin ich schließlich hierher gekommen.«

Nachdem sie ins Haus gegangen waren, machte Papa Kaffee in der Küche, stellte Teller und Tassen auf ein Tablett und schnitt den Kuchen auf. Der Bischof saß im Wohnzimmer und sprach mit den Kindern über ihre Mama.

»Es ist etwas Schreckliches, so früh seine Mutter zu verlieren. Es ist unbegreiflich. Ich war zweiundzwanzig, als meine Mutter starb. Ich habe keinen Menschen so sehr geliebt wie sie. Ich war verzweifelt und mein Glaube hat mir damals wenig geholfen. Die ganze Welt war für mich auf einmal verdorrt. Und es hat lange gedauert, bis ich gelernt hatte, ohne sie weiterzuleben. Ich vermisse sie noch heute. Stellt euch vor, obwohl ich schon so alt bin, fehlt mir meine Mutter.«

»Wissen Sie, wo sie sind, Ihre Mama und unsere Mama«, fragte Ulla, »im Paradies?«

»Ja, das glaube ich«, sagte der Bischof.

»Wenn es ein Paradies gibt«, sagte Paul, »dann muss unsere Mutter dort sein. Wenn überhaupt ein Mensch ins Paradies kommt, dann Mama.«

»Eure Mutter und meine«, sagte der Bischof, »einverstanden?«

Mit Papa sprach er dann viel über Politik und darüber, was die Kirche für die armen Länder und Leute tun könne. Und beim Abendessen fragten ihn die drei Kinder über seinen Beruf aus und der Bischof schilderte ihnen genau seinen Tagesablauf und erzählte auch von seinen Reisen nach Rom und den Begegnungen im Vatikan und mit dem Papst.

Die Kinder saßen bei den beiden Männern und hörten ihnen zu. Selbst Karel fand es so interessant, dass er sich an diesem Tag nicht ein einziges Mal an seinen Computer setzte. Als es Zeit für sie war, ins Bett zu gehen, baten sie ihren Vater, aufbleiben zu dürfen. Da der nächste Tag ein Samstag und somit schulfrei war, erlaubte Papa es ihnen ausnahmsweise.

Er trank mit dem Bischof Rotwein, und nach dem vierten Glas duzten sich die beiden Männer und redeten miteinander, als ob sie schon ewig befreundet wären.

Ulla fragte, warum er als Priester und Bischof nicht heiraten und keine Kinder haben dürfe. Und der Bischof erklärte es ihr.

»Wir sollen für die anderen da sein, das ist unsere Aufgabe. Wir sollen weder von der Freude, die eine Familie geben kann, noch von dem Leid, das eine Familie auch bereitet, wie ihr wisst, abgelenkt werden.«

»Wären Sie denn lieber verheiratet?«

Der Bischof lächelte bekümmert und überlegte lange: »Ach, weißt du, ich verstehe diese Forderung meiner Kirche, nicht zu heiraten, sehr gut. Aber es gibt auch Tage und Stunden, wo ich sie nicht verstehe. Es ist sehr schwer, Ulla. Ich habe meine Mutter über alles geliebt und sie fehlt mir noch heute. Aber ich vermisse auch die Frau, die ich nie hatte. Und heute vermisse ich am meisten meine Kinder, die ich nie haben durfte. Ihr seid jetzt sehr unglücklich, weil eure

Mama euch verlassen hat. Aber ihr seid unglücklich, weil ihr vorher so glücklich wart. Den großen Kummer, meine Frau sterben zu sehen, werde ich nie haben. Doch ich weiß nicht, ob ich nicht einen zu hohen Preis dafür bezahlen muss.«

Er trank das halb volle Glas auf einmal aus und streckte es dann Papa entgegen, der es ihm wieder füllte.

Als die Kinder im Bett lagen, hörten sie noch lange die Stimmen der beiden Männer. Sie hörten sie lachen, und sie hörten leise Musik, denn Papa hatte eine Platte aufgelegt.

Und alle drei dachten daran, was ihnen der Bischof gesagt hatte, und sie waren trotz ihres Kummers sehr glücklich, eine solche Mama und ein solches Glück gehabt zu haben.

Als der Bischof am Frühstückstisch erschien, konnte Ulla es sich nicht verkneifen zu sagen: »Drei Flaschen! Ihr habt drei Flaschen Rotwein ausgetrunken! An eurer Stelle wäre ich jetzt tot.«

»Aber Ulla«, sagte Papa nur.

Der Bischof war etwas verlegen: »Jaja, du hast Recht. Es war nicht sehr vernünftig von uns. Und ich hoffe, du erzählst es keinem. Es wäre mir unangenehm.«

»Ich kann schweigen«, sagte Ulla, »aber es ist überhaupt nicht gesund. Das müssten Sie eigentlich wis-

sen, Herr Kleemann. Ein Bischof sollte so was wissen. Er muss doch ein Vorbild sein.«
»Ich weiß es ja auch. Es hat sich nur so ergeben, weil ich mit deinem Vater so viel zu bereden hatte. Wir haben uns angeregt unterhalten und auf einmal waren die Flaschen leer. Wie es dazu kam, weiß ich eigentlich auch nicht.«
Dann sagte er zu Papa: »Da haben wir nun die ganze Nacht miteinander geredet, Utz, aber über die Pietà haben wir nicht gesprochen. Das ist eigentlich unverzeihlich.«
»Ja«, sagte Papa, »wir haben über sie nicht gesprochen, aber ich habe das Gefühl, wir haben eigentlich nur darüber gesprochen. Meinst du das nicht auch, Phil?«
»Wir verstehen uns viel besser, als ich vermutete«, erwiderte der Bischof.
Er zeigte den Kindern, wie man ein Ei mit einer Hand köpft, und Paul führte ihm vor, wie man ein gekochtes Ei so über den Tisch rollen lassen kann, dass es schließlich genau vor einem wieder zu liegen kommt.
Als sie mit dem Frühstück fertig waren und die Männer ihren Kaffee tranken, sagte der Bischof zu Papa: »Mit der Zigarrenkiste, darüber werde ich nachdenken. Ich muss es irgendwie unserem Finanzgenie erklären, der alle unsere Ausgaben kontrolliert. Er war schon empört, dass du auch noch einen Musikapparat für deine Arbeit bekommen musstest. Er kann es

nicht verstehen, dass du nicht besser auf deine Sachen aufpasst.«

»Ich passe ja auf. Aber manchmal regnet es, und ich bin so in die Arbeit vertieft, dass ich es erst bemerke, wenn ich klatschnass bin. Und dann kann ich das Radio wegschmeißen. Oder es fliegt ein Steinsplitter so unglücklich durch die Luft, dass er das Radio trifft und zerstört.«

»Das habe ich unserem Buchhalter auch gesagt. Er meinte, dann muss das Radio eben im Trockenen aufgestellt werden, unter einem Dach.«

»Unter einem Dach? Aber dann höre ich doch nichts im Garten! Ich brauche die Brandenburgischen Konzerte und Händels Opern, wenn ich etwas schaffen will. Und ich brauche ihren vollen Klang. Die Orgel in deinem Dom flüstert doch auch nicht, da müssen gelegentlich alle Register gezogen werden, nicht wahr. Von der neuen Musik ganz zu schweigen, die braucht Raum und muss klingen können.«

»Genau meine Worte. Ich habe diesen Pfennigfuchser gefragt, wie man eine Pietà schaffen soll ohne die Musik von Bach. Wir sollten froh sein, sagte ich ihm, dass der Bildhauer für seine Arbeit an der Pietà nicht noch die Aufstellung einer Orgel verlangt hat.«

»Ich brauche die Musik für meine Arbeit wirklich, Phil.«

»Natürlich.«

»Und manchmal regnet es halt. Das ist höhere Gewalt, das sollte ein Kirchenmann verstehen, selbst wenn er ein Buchhalter ist.«
»Ja«, nickte der Bischof, »so habe ich es ihm auch erklärt. Nur das mit der ›höheren Gewalt‹, das sehen wir etwas anders.«
Als sie vom Tisch aufstanden, sagte der Bischof, er wolle vor der Heimreise noch einmal zu seiner Pietà gehen, aber allein, ganz allein.
»Bist du damit einverstanden?«, fragte er Papa. Papa nickte.

Eine halbe Stunde später kam der Bischof aus dem Garten zurück und sagte: »Weißt du, was ich bemerkt habe?«
»Nein.«
»Deine Maria ist längst fertig. Oder vielmehr: meine Maria. Die Pietà ist vollendet. Du willst sie mir nur nicht geben, weil du dich nicht von ihr trennen kannst.«
Die Geschwister lachten und sahen ihren Papa an.
»Nein«, sagte der, »sie ist nicht fertig. Sie war es, aber sie ist es nicht mehr. Ich muss noch etwas an ihr ändern. Ich möchte ihr etwas von meiner Geliebten geben. Ein Lächeln, das ich nur von meiner Frau kenne. Ich hoffe, Phil, dass du mir das erlaubst. Die Pietà ist ihr Sterbestein.«

»Das würde mich sogar sehr freuen«, sagte der Bischof, »darüber wäre ich sehr glücklich. Aber lass mich nicht noch ein Jahr warten. Auch ein Bischof lebt nicht ewig und ich möchte meinen Marien-Stein noch selber einsegnen.«
»Nur noch zwei, drei Monate«, versprach Papa.
»Ich freue mich darauf«, sagte der Bischof, »ich kann es kaum erwarten, dass ich sie vor dem Dom aufstelle. Und wenn sie etwas von deiner Frau hat, werde ich stolz sein, obwohl Stolz eine Sünde ist. Weißt du, Utz, ich beneide dich um deine Trauer. Dich und deine Kinder. Ich beneide euch um euer Unglück. Denn dass ihr unglücklich seid, bedeutet, ihr wart einmal sehr glücklich. Ihr habt ein Glück kennen gelernt, das ich nie kennen lernen konnte. Ich habe ein wunderbares Amt. Ich kann den Menschen helfen. Vielen Menschen. Das ist sehr befriedigend. Aber so glücklich wie du und deine Kinder war ich nie.«
»Ich weiß nicht, Phil«, erwiderte Papa, »du bedeutest so vielen Menschen etwas und wirst von ihnen bewundert und geliebt. Ich weiß nicht, ob du nicht doch ein sehr glücklicher Mensch bist.«
»Das bin ich, gewiss. Ich bin glücklich. Ich bin zufrieden. Ich muss meinem Herrgott dankbar sein. Wenn ich sterbe, werden sicher viele traurig sein. Es wird vermutlich eine große Beerdigung geben. Und es werden viele Tränen fließen, da hast du ganz

Recht. Aber es werden kalte Tränen sein, keine heißen.«
Ulla schluckte und am liebsten hätte sie jetzt den Bischof umarmt und ihn getröstet. Aber der lächelte sie aufmunternd an und sagte zu Papa: »Vergiss nicht, in drei Monaten stehst du mit meiner Maria auf dem Domplatz. Sonst überlege ich mir das mit der Zigarrenkiste noch einmal.«
Papa und seine Kinder schauten dem Auto noch lange hinterher.
»Ich hatte mir einen Bischof ganz anders vorgestellt«, sagte Karel.
»Ja«, nickte Paul, »drei Flaschen Rotwein, das ist schon erstaunlich für einen Bischof.«
»War er mit deinem Stein zufrieden?«, erkundigte sich Ulla bei ihrem Vater.
»Ich denke schon«, sagte Papa, »und die kubanischen Zigarren waren dabei gewiss hilfreich.«

11. Kapitel

Der Sommer kam und es gab viel im Garten zu tun. Frau Tewel aus der Nachbarschaft kam zweimal in der Woche und kümmerte sich um Mamas Blumenbeete. Ihr Mann, der früher einmal Offizier bei der Armee gewesen war, mähte das Gras und passte auf, dass er nicht mit dem Rasenmäher an Papas Figuren stieß. Papa hatte ihn eindringlich ermahnt, seine Steine zu verschonen.
Kurz vor den Schulferien meldete sich eine Besucherin bei ihnen. Karel hatte ihr die Tür geöffnet und sie gefragt, was sie wünsche. Sie beantwortete seine Frage nicht, sondern strich ihm über die Haare und sagte mitleidig und fast unter Tränen zu ihm: »Du bist der Sohn von Utz.«
Karel zog unwillig den Kopf zurück und erwiderte kühl: »Das ist mir bekannt.«

Die Frau lachte auf: »Ganz der Vater. Der gleiche Humor. So war der Utz auch immer.«
»Was wünschen Sie?«
»Ich möchte deinen Vater sprechen.«
»Das geht nicht. Er arbeitet.«
»Ich denke, für mich hat er Zeit. Frag ihn. Sag ihm, Hilde Pacholke ist da. Die wilde Hilde.«
»Dann warten Sie bitte.«
Karel machte ihr vor der Nase die Tür zu, ging in die Küche, trank ein Glas Wasser und ging wieder zur Tür.
»Tut mir Leid«, sagte er zu der Frau, »Sie müssen noch einmal wiederkommen. Er hat jetzt keine Zeit.«
»Und wann hat er Zeit?«
»Zeit hat er eigentlich nie. Aber vielleicht probieren Sie es übermorgen noch einmal. Zwischen 18 Uhr 20 und 18 Uhr 30 müsste er ein paar Minuten freihaben. Vielleicht haben Sie Glück.«
»Hast du auch wirklich mit ihm gesprochen?«
»Natürlich.«
»Und du hast ihm gesagt, dass die wilde Hilde da ist?«
»Genau so. Die wilde Hilde, das habe ich ihm gesagt.«
»Und Utz? Was hat dein Vater gesagt?«
»Stör mich nicht, hat er gesagt, ich arbeite.«
»Na, schön. Dann eben übermorgen. Allerdings weiß ich nicht, ob ich dann noch Zeit habe.«

Die wilde Hilde war verstimmt. Sie drehte sich auf dem Absatz um und ging, ohne sich zu verabschieden.
Karel erzählte seinem Vater beim Abendbrot von dem Besuch, allerdings nannte er sie die »wild gewordene Hilde«.
Papa lachte und sagte, wenn es wirklich die wilde Hilde war, dann war es ein Mädchen, mit dem er zusammen in der Schule war und das damals unglaublich frech war. Keinem Lehrer blieb Hilde eine Antwort schuldig, und es gab keinen Jungen, der nicht Respekt vor ihr hatte. Wenn sie sich durchsetzen wollte, ballte sie eine Hand zur Faust, blitzte ihren Gegner an und ging entschlossen auf ihn zu. Dann gaben selbst die starken Jungen und Rowdys nach und räumten das Feld.
»Einmal«, sagte er, »gab es einen Riesenskandal in der Aula. Wir hatten Sportfest und unsere Klasse hatte das Handballturnier gewonnen, allerdings nur sehr knapp, mit einem einzigen Tor und nach einem umstrittenen Freiwurf. Als unsere Mannschaft die Auszeichnung bekommen sollte und zur Bühne ging, brachte ein wütender Spieler aus der Parallelklasse, die das Spiel verloren hatte, einen von uns zu Fall. Im selben Moment gab es in der Aula eine riesige Rauferei, an der sich wohl alle beteiligten. Das reinste Tohuwabohu. Die Lehrer brüllten, der Direktor schrie und

der Tumult wurde immer größer. Dann knallte der Direktor ein großes Lineal zweimal auf das Pult, es klang, als ob jemand geschossen hätte. Augenblicklich war Ruhe im Saal. Alle erstarrten, der Direktor bebte vor Zorn und brachte kaum ein Wort hervor. Und da krähte Hilde laut und unbekümmert in die plötzliche Stille in der Aula hinein: Ende der Vorstellung! Daraufhin brach der Tumult erneut los und sie bekam einen Tadel und wurde nach Hause geschickt.«

Papa lachte Tränen, als er davon erzählte. Er sagte, er würde sich freuen, sie zu sehen, und fragte Karel, wie sie denn heute aussähe.

Karel sagte, ihr ganzes Gesicht sei mit Cremes und Lippenstift und Rouge völlig zugeschmiert gewesen. Papa hätte sie sicher gar nicht erkannt. Damit er sich nicht erschrecke, habe er sie für übermorgen bestellt, weil er ihn vorher warnen wollte.

Am Freitag kam sie wieder, ganz pünktlich um 18 Uhr 20. Sie war wieder fein angezogen und übermäßig geschminkt.

»Der reinste Farbtopf«, sagte Paul leise zu Ulla.

Die wilde Hilde fiel Papa gleich um den Hals. Sie erzählte immer wieder, wie stolz sie darauf sei, mit Utz in eine Klasse gegangen zu sein. Sie habe sich sogar eine Zeichnung von ihm gekauft, nur eine kleine, weil sie nicht so viel Geld habe, und die hänge jetzt bei ihr im Wohnzimmer. Dann musste Papa mit ihr durch den Garten gehen, um ihr seine Arbeiten zu zeigen. Beim Abendbrot redete sie unaufhörlich von früher, von den Klassenkameraden und ihren Lehrern. Sie erzählte, sie arbeite als Sachbearbeiterin beim Finanzamt und sei dort unersetzbar. Und dann plauderte sie wieder darüber, wie stolz sie darauf sei, mit Utz auf einer Schulbank gesessen zu haben, dem berühmten Bildhauer und Künstler. Überall und jedem erzähle sie, dass sie ihn kenne.

»Papa ist kein Künstler«, warf Ulla genervt ein.

»Wie kannst du das denn sagen! Dein Papa ist ein großer Künstler.«

»Das ist Quatsch«, sagte Ulla, »er ist ein Handwerker.«

»Ein Handwerker? Na, so was! Du hast offenbar keine Ahnung, was für ein großer Künstler dein Papa ist.«

»Er ist kein Künstler«, schrie Ulla auf, »er ist ein ganz großer Handwerker. So wie Herr Angelo.«

»Herr Angelo?«, fragte Frau Hilde verwundert. »Wer soll denn das sein?«

»Wenn Sie Herrn Angelo nicht kennen, dann sind Sie aber eine sehr dumme Frau«, sagte Ulla wütend, »Herr Angelo ist der größte Handwerker der Welt.«

»Ulla!«, sagte Papa mahnend. Er schüttelte unzufrieden den Kopf. »Wie führst du dich denn auf! Sei nicht so frech.«

»Aber sie kennt Angelo nicht, stell dir das vor!«

»Von einem Herrn Angelo habe ich nie etwas gehört. Was für ein Handwerk betreibt er denn?«
»Da sollten Sie mal nach Italien fahren«, sagte Ulla erregt, »da werden Sie aber Augen machen, wenn Sie seine Statuen sehen. Die sind riesengroß. Wie kann man nur den Michael Angelo nicht kennen!«
»Ach, du meinst sicher Michelangelo. Den kenne ich natürlich«, sagte Frau Hilde. »Ich habe aber nie gehört, dass man ihn Herr Angelo nennt. Er heißt nämlich nicht Angelo, meine Kleine, sondern Michelangelo.« Sie kicherte.
Ulla warf ihr einen wütenden Blick zu: »Habe ich doch gesagt. Michael Angelo.«
Jetzt war sie auch auf Papa böse, denn sie hatte das Gefühl, sich durch seine Schuld blamiert zu haben.
Frau Hilde erzählte, dass sie in der Nähe beruflich zu tun habe, und wenn es Utz recht sei, würde sie gelegentlich bei ihm vorbeischauen. Sie könne auch mal etwas kochen, denn das könne Utz sicher nicht und die Kinder sowieso nicht.
»Sie haben wohl gehört, dass unsere Mutter gestorben ist?«, fragte Paul spitz und sah sie herausfordernd an. »Und kochen können wir, da müssen Sie sich keine Sorgen machen.«
»Nun geht in eure Zimmer«, sagte Papa, »Hilde und ich wollen uns noch etwas unterhalten. Über alte Zeiten, das wird euch sicher nicht interessieren.«

»Ich bleibe lieber hier und höre zu. Es interessiert mich sehr«, sagte Ulla schnippisch.
»Nun geh schon, meine Kleine«, sagte Papa und schob sie sanft zur Tür.
Die Geschwister räumten den Tisch ab und brachten das Geschirr in die Küche.
»Schon wieder so ein Vogel«, sagte Paul.
»Vielleicht gefällt sie Papa«, sagte Karel.
Ulla verdrehte nur die Augen.
»Na, und wenn?«, fragte Karel. »Wäre das so schlimm? Vielleicht wird Papa eines Tages wieder heiraten. Das können wir doch nicht verhindern. Und es wäre vernünftig.«
»Willst du das wirklich«, fragte Paul entgeistert, »dass hier irgendeine Frau ins Haus kommt, die sich als Mutter aufspielt?«
»Ich sagte lediglich, dass es vernünftig wäre. Es wäre eine große Hilfe für ihn.«
»Vernünftig, vernünftig. Wir brauchen keine Hilfe«, sagte Ulla, »lieber übernehme ich noch mehr Arbeiten im Haushalt.«
»Und das Kochen kann ich erledigen«, sagte Paul, »jedenfalls ab und zu. Ich habe ja bei Mama genau aufgepasst.«
»Es geht nicht nur darum«, sagte Karel, »Papa wäre dann nicht mehr allein.«
»Allein? Wieso ist er allein? Er hat doch uns. Er ist

überhaupt nicht allein. Jedenfalls ist er nicht mehr allein als wir«, sagte Paul.

Am nächsten Morgen fragten sie ihren Vater, ob die wilde Hilde wieder käme.
»Ja, ich denke schon«, sagte Papa.
»Kommt sie nun auch alle naselang zu uns?«
Papa lächelte. »Macht euch keine Sorgen, Kinder. Da habe ich ja auch noch ein Wort mitzureden. Und wir kommen doch sehr gut allein zurecht, oder?«
»Ende der Vorstellung«, rief Ulla. Jetzt war sie beruhigt.

12. Kapitel

Im August fuhren Papa, die Kinder und Strolch nach Hiddensee. Karel hatte sich immer wieder über die geplante Reise in den Schwarzwald und die beabsichtigten Wanderungen beschwert, so dass schließlich alle die Lust daran verloren hatten. Papa hatte ihn gefragt, was sich Karel denn für einen Urlaub vorstelle, und er sagte: »Ganz egal wohin. Hauptsache, man kann schwimmen.« Eine Bekannte von Papa, Frau Dach, besaß ein Haus auf Hiddensee. Sie stellte es der Familie für die drei Wochen, die sie in Amerika verbrachte, zur Verfügung.

An einem Samstag, ganz früh am Morgen, startete die Familie in ihrem Auto in Richtung Ostsee. Je näher sie dem Wasser kamen, umso voller wurden die Straßen. Sie mussten sehr langsam fahren und kamen viel zu spät in der Hafenstadt an. Die Fähre, die sie auf die

Insel bringen sollte, hatte bereits abgelegt. Sie standen mit ihrem Gepäck am Kai und konnten ihr nur noch zuwinken.
Da sie aber mit Frau Dach verabredet waren und von ihr erwartet wurden, nahm Papa ein Wassertaxi. Es war teurer, als wenn sie mit der Fähre gefahren wären, aber auch viel schneller. Das Motorboot schaukelte heftig. Ulla fürchtete, seekrank zu werden, und Paul bekam eine weiße Nase während der Überfahrt. Aber nur Strolch wurde während der Fahrt richtig übel und er erbrach sich. Papa konnte ihn noch rasch über die Bordwand halten, so dass die Bescherung nicht im Wassertaxi landete.
»Ich wusste gar nicht, dass Hunde auch seekrank werden können«, sagte Paul.
»Du weißt sehr vieles nicht, mein Lieber«, bemerkte Karel bissig.
Aber Ulla sagte: »Strolch ist eben kein gewöhnlicher Hund. Schließlich ist Rote Bete seine Lieblingsspeise. Da ist es nicht verwunderlich, wenn er auch seekrank wird.«
Die Fähre, die sie verpasst hatten, überholten sie auf der halben Strecke und sie waren lange vor ihr im Hafen von Kloster. Frau Dach kam ihnen mit zwei Fahrrädern entgegen, auf denen sie das Gepäck befestigten, und dann gingen sie zu ihrem Ferienhaus.
Das Haus stand zwischen zwei Dörfern mitten in der

Heide. Zum Meer waren es nur zwei Minuten zu laufen und zur anderen Küste, dem Bodden, war es auch nicht viel weiter. Das Haus war schilfgedeckt und genau in der Mitte des Daches ragte ein Schornstein aus den getrockneten gelben Halmen heraus. Die Zimmer waren alle klein, sehr klein. Aber es gab so viele in dem Haus, dass jeder von ihnen zwei Zimmer zugewiesen bekam. Und Strolch bekam die Wohnstube mit dem Kamin.

Frau Dach übergab ihnen die Schlüssel, zeigte ihnen die Küche und wie die Heizung funktionierte. Und sie ermahnte sie, mit offenem Feuer vorsichtig zu sein, denn das trockene Schilf sei leicht entflammbar, und dann wäre das Haus nicht zu retten.

»Am besten keine Kerzen anzünden, nicht einmal ein Streichholz«, sagte sie, »denn wenn mein Haus abbrennt, muss ich in meinem Strandkorb übernachten. Und das ist im Winter kein Vergnügen.«

»Es wäre vernünftiger, das Haus mit Dachziegeln zu decken«, sagte Karel, »ein Schilfdach, das ist voriges Jahrhundert. Das hält nicht lange und kann auch noch abbrennen. Schilf als Baustoff ist einfach nicht mehr modern.«

Frau Dach war entsetzt. »Junge!«, rief sie. »Dachziegel auf meinem Haus! Wie sieht denn das aus! Nein, wer ein Haus auf unserer Insel hat, muss auch ein Reetdach haben.«

»Aber Schilf verrottet nach ein paar Jahren und Dachziegel halten ewig.«
»Dafür ist mein Reetdach eine Augenweide, mein Junge. Das zählt wohl gar nichts bei dir?«
»Mit einer Augenweide hat mein Bruder sicher Probleme«, warf Paul ein, »man kann sie nicht beweisen und daher existiert sie nicht für ihn.«
»Ach so«, sagte Frau Dach, »der junge Herr ist ein Wissenschaftler. Na, vielleicht lernt er noch, dass es ein paar Dinge im Leben gibt, die man nicht beweisen kann und die man trotzdem braucht.«
Dann zeigte sie ihnen die Küche. Den Kühlschrank hatte sie aufgefüllt, und sie bat, alles aufzuessen und ihn vor der Abreise wieder frisch zu füllen.
Anschließend brachte die Familie sie zum Hafen. Karel und Paul schoben die Fahrräder mit dem Gepäck von Frau Dach. Beim Abschied sagte sie: »Ich beneide euch. Ich bliebe viel lieber auf meiner friedlichen Insel. Ich habe mit Herrn Schilfmann gesprochen, er wird euch die Fährinsel zeigen. Da könnt ihr Pflanzen sehen, die es nirgendwo auf der Welt gibt, das glaube ich jedenfalls. Die Sonnenuntergänge werdet ihr ja nicht versäumen, aber steht auch einmal früh auf, um einen Sonnenaufgang zu erleben.«
»Das klingt sehr gut«, sagte Paul höflich, »mitten in der Nacht aufstehen, und das noch in den Ferien, nur um etwas zu sehen, was jeden Tag passiert.«

»Wenn du es einmal auf Hiddensee erlebt hast, wirst du es dein Lebtag nicht vergessen«, erwiderte Frau Dach.

»Das dürfte stimmen«, sagte Karel, »falls es Paul wirklich gelingen sollte, einmal vor Sonnenaufgang aufzustehen, das würde er nie in seinem Leben vergessen.«

Nachdem der Dampfer mit Frau Dach abgelegt hatte, gingen sie in ihr Ferienhaus und packten die Taschen und Koffer aus. Ulla hatte für sich entschieden, dass eins ihrer beiden Zimmer das Schlafzimmer und das zweite ihr Ankleidezimmer sein würde, ganz so wie es Königinnen und Prinzessinnen haben.

Zu Mittag aßen sie in einem Fischrestaurant. Als der Kellner ihnen die Speisenkarten brachte, lehnte sich Paul in seinem Stuhl zurück und sagte: »Ach, wie wundervoll! Endlich mal nicht kochen müssen.«

Karel sah Paul finster an. Und auf einmal standen ihm Tränen in den Augen. Denn diesen Satz hatte Mama zu Beginn eines jeden Urlaubs und bei jeder Reise gesagt, wenn sie in eine Gaststätte essen gingen: Ach, wie wundervoll! Endlich mal nicht kochen müssen.

13. Kapitel

Es wurde ein sehr schöner Urlaub. Das Wetter war himmlisch. Jeden Tag schien die Sonne, und durch den Wind, der stets auf der Insel zu spüren war, wurde es ihnen nie zu heiß.
Papa hatte Skizzenblöcke mitgenommen und zeichnete mit Bleistift und Kohle die Steilküsten und Felsen, die Heidelandschaft und die vom Wind zerzausten und niedergehaltenen Bäume, die Windflüchter. Nach dem Frühstück ging er mit den Kindern an den Strand, sprang mit ihnen ins Wasser und schwamm einige Meter hinaus. Dann kehrte er um, trocknete sich ab, zog sich wieder an und begann mit der Arbeit. Seine Blätter legte er auf dem Malkasten bereit, stellte sich dann daneben, zündete eine Zigarre an und starrte dann eine halbe Stunde in die Gegend. Und auf einmal legte er die Zigarre ab und begann wie wild

draufloszuzeichnen. Er skizzierte energisch, mit großen, sicheren Strichen. Er arbeitete mehrere Minuten fast hektisch, bis das Blatt gefüllt war. Dann legte er es auf dem Malkasten ab, griff nach der erkalteten Zigarre, entzündete sie und starrte nun wieder lange in die Landschaft und auf sein Blatt. Manchmal nickte er zufrieden. Dann klappte er das Blatt um und nahm sich neues weißes Papier vor. Aber meistens machte er noch kleine Änderungen. Er wischte mit dem Ärmel über eine Stelle des Blattes und zog hier und da einen Strich oder brachte eine Schattierung an. Dann betrachtete er es wieder minutenlang, um es schließlich umzuklappen. Und dann wiederholte sich alles: Er sah unbeweglich in die Landschaft, um dann plötzlich loszulegen.
Strolch saß hin und wieder neben ihm, aber anders als zu Hause im Garten gab es für ihn am Strand viel zu tun. Die Möwen jagten dicht über das Wasser und den Sand und er jagte ihnen den ganzen Tag hinterher. Er rannte so viel, dass er am Abend völlig erledigt war und bereits vor dem Kamin einschlief und schnarchte, wenn die Familie noch beim Abendbrot saß.
Manchmal kamen die Kinder vom Sandstrand zu ihrem Vater und schauten sich seine Arbeit an, aber sie sagten nichts, denn sie wussten, dass er nicht gestört sein wollte.

»Aber warum malst du das schon wieder?«, fragte Ulla einmal. »Diesen Baum hast du doch eben gemalt.«
»Das ist doch jetzt ein ganz anderes Licht«, erwiderte Papa, »siehst du denn das nicht, Mädel? Alles ist völlig anders als vor einer halben Stunde. Ach, dieses Licht! Wenn ich das auf dem Papier einfangen könnte! Wenn ich dieses Licht in einen Stein bringen könnte! Weißt du, Ulla, dann, aber nur dann, würde ich mein Handwerk wirklich beherrschen.«
»Wie Herr Michael Angelo?«
»Wie Michelangelo? Nein. Das ist nicht möglich. Bei Michelangelo hat noch jemand anderes mitgearbeitet. Das ist so vollkommen, das konnte ein Mensch nicht schaffen.«
»Ihm hat jemand geholfen? Er hat es gar nicht allein gemacht?«
»Ja, das glaube ich.«
»Aber das ist ja Beschiss, Papa!«
»Ihm hat einer geholfen, davon bin ich überzeugt. Er muss einen Engel an seiner Seite gehabt haben. Anders ist nicht zu erklären, wie er das schaffen konnte.«
»Und du? Hast du keinen Engel?«
»Vielleicht habe ich einen. Aber vielleicht ist mein Engel etwas ungeschickter als der von Michelangelo.«
»Aber du hast doch auch wunderbare Statuen und

Skulpturen geschaffen. Die würden Herrn Angelo sicher gefallen.«

»Na, ich weiß nicht. Ich fürchte, ich fürchte... Vielleicht meine Pietà. Vielleicht würde er sich die eine Minute lang betrachten. Und vielleicht würde er dann sagen: Na ja, nicht ganz unbegabt, wenn der Junge so weitermacht und fleißig ist und lernt, kann noch einmal etwas aus ihm werden.«

»Die Pietà ist ein Wunderstein.«

»Na ja, Ulla. Ich bin nicht unzufrieden mit ihr. Vielleicht ist das der Stein, der von mir bleibt. Das wäre schön. Weißt du, Ulla, irgendwann einmal, in tausenden von Jahren, wird alles Leben auf dieser Erde verlöschen. Das sagen jedenfalls die Wissenschaftler, so habe ich es im Schulfunk gehört. Und da denke ich mir, eines Tages kommen Lebewesen von einem ganz anderen Stern auf diese Erde. Nichts lebt hier mehr, aber die Steine von Michelangelo stehen noch da und die Sixtinische Kapelle und diese Kirchen und Dome und die Bildergalerien. Ich denke, wenn diese fremden Lebewesen aus einer anderen Galaxie das erblicken, werden sie glauben, auf dem Stern der Götter gelandet zu sein.«

»Und deine Pietà werden sie auch bewundern.«

»Vielleicht, Ulla. So, aber nun muss ich wieder arbeiten.«

Papa nahm die kalte Zigarre in den Mund, kaute auf

ihr herum und schaute in die Gegend. Ulla war losgegangen, doch nach ein paar Schritten kam sie zurück.
»Ich habe nachgedacht über den Michael Angelo«, sagte sie, »vielleicht hat ihm gar kein Engel geholfen. Vielleicht war er nämlich gar kein Mensch. Er nannte sich Michael Angelo, aber vielleicht hieß er in Wirklichkeit Angelo Michael. Vielleicht war er selbst der Engel.«
Papa pfiff erstaunt durch die Zähne. »Das war mir noch gar nicht aufgefallen, mein kluges Mädchen. Das könnte stimmen. Erzengel Michael, der uns unerkannt mal zeigen wollte, was man mit einem Stein alles machen kann. Das würde jedenfalls vieles erklären.«
Und plötzlich lachte Papa laut auf. »Ulla«, schrie er vergnügt, »wenn du Recht hast, dann muss die ganze Kunstgeschichte neu geschrieben werden.«
Er gab Ulla einen Kuss und strahlte sie an. Dann griff er nach seinem Bleistift und zeichnete wild drauflos.

14. Kapitel

Karel bekam am zweiten Tag einen bösen Sonnenbrand, weil er sich am Strand stundenlang mit seinem Taschencomputer beschäftigt hatte, ohne sich zu rühren. Er durfte nicht in das salzige Meerwasser gehen, weil es die entzündete Haut reizte, und musste, wenn er das Haus verließ, seine Windjacke anziehen und eine Mütze aufsetzen, als ob es draußen regnen und stürmen würde.

Papa, Paul und Ulla waren vernünftiger, sonnten sich nicht zu lange und blieben, wenn die Sonne gar zu sehr schien, auch mal im Schatten des Hauses. Nur Butz, der Teddybär von Ulla, lag von früh bis zum späten Nachmittag am Strand im Sand und sonnte sich. Er behauptete, jeden Tag viermal im Meer zu schwimmen. Jedenfalls versicherte Ulla, dass der Teddybär ihr das gesagt habe, aber kei-

ner von der Familie hatte Butz je im Wasser gesehen.
In der Insel-Buchhandlung hing ein Plakat, das auf die Veranstaltungen im Heimatmuseum hinwies.
»Hast du das gesehen?«, fragte Paul seinen Vater und deutete mit dem Kopf auf das Plakat.
Am kommenden Sonntag, so war da zu lesen, würde im Museum der Film über Hiddensee und eine Malerin gezeigt werden, den Mama gedreht hatte.
Papa nickte.
»Wollen wir am Sonntag hingehen? Wollen wir uns das ansehen?«
»Wenn ihr wollt, gern«, sagte Papa.
Die Spaziergänge über die Insel, zum Geller Haken und dem Bessin, mussten sie ohne Karel machen. Er meinte, dass der Sonnenbrand noch schmerzhaft sei, er könne nicht so weit laufen. Seine Geschwister kicherten, aber da sie alle wussten, dass er kein Freund von langen Spaziergängen war, protestierte auch keiner.
»Wir gehen aber essen«, sagte Ulla nur, »und du musst dir dann selber was machen.«
Karel nickte und Paul sagte: »Ich weiß schon, was es bei ihm geben wird. Hoppelpoppel.«
Hoppelpoppel war zwar nicht das Lieblingsgericht von Karel, aber wann immer er für sich allein etwas kochen musste, gab es bei ihm Hoppelpoppel. In

einer Pfanne briet er drei geschlagene Eier, und dann kam ganz klein geschnitten dazu, was er im Kühlschrank oder in der Küche fand: Paprikaschoten und Tomaten, Brot und Wurst, Käse und gekochte Kartoffeln, die Reste vom Mittagessen des Vortages und alle möglichen Gewürze. Hoppelpoppel konnte nur Karel essen, alle anderen fanden es ungenießbar.
Als sie von ihrem Streifzug über die Insel zurückkamen, trafen sie Karel überaus gut gelaunt und aufgeschlossen an. Er half Ulla aus den Schuhen und fragte Papa, ob er ihm einen Tee machen dürfe.
»Was ist mit dir?«, fragte Paul misstrauisch. »Ist das immer noch der Sonnenbrand?«
Aber Karel fauchte ihn nicht an, gab ihm auch keine Kopfnuss, wie er es sonst gern tat, sondern pfiff fröhlich vor sich hin.
»Irgendetwas ist da«, sagte Ulla zu ihrem Papa, »irgendetwas geht hier vor.«
»Lasst den Großen in Ruhe«, erwiderte Papa nur.

In den folgenden Tagen kam Karel nur selten mit zum Strand. Er blieb im Haus, weil er arbeiten wollte, doch wenn sie vom Wasser zurückkamen, war von Karel nichts zu sehen. Er erschien erst zum Abendbrot und war neuerdings immer gut gelaunt. Sein Computer lag seit Tagen unbenutzt in seinem Zimmer, was noch nie passiert war.

»Irgendetwas geht hier vor«, murmelte Ulla und betrachtete ihren Bruder argwöhnisch.
Am Sonntag wollte Karel nicht mitkommen ins Heimatmuseum .
»Aber es läuft Mamas Film«, wandte Ulla ein.
»Den kenne ich. Habe ich schon dreimal gesehen.«
Papa sagte nichts, aber man sah ihm an, dass er enttäuscht war.
Nachdem Papa ihr abends eine Geschichte vorgelesen hatte, fragte er Ulla, ob sie sich denn immer noch vorlesen lassen wolle. »Du kannst doch schon selber lesen, du bist doch kein kleines Mädchen mehr.«
»Aber es ist schöner, wenn man vorgelesen bekommt. Mama hat sich doch auch von dir immer vorlesen lassen.«
Und nach einer Pause fügte sie hinzu: »Das ist gemein von Karel, dass er Mamas Film nicht sehen will.«
»Er kennt doch den Film«, entschuldigte Papa ihn, »außerdem denke ich, er hat hier Freunde gefunden, mit denen er zusammen sein will. Er geht ja auch nicht mit uns an den Strand. Und so viel arbeiten tut er auch nicht, wie er behauptet.«
»Ach so«, sagte Ulla. Und dann fügte sie betrübt hinzu: »Ich habe noch keine Freundin gefunden.«
»Wenn dir jemand sympathisch ist, dann kannst du sie zu uns einladen. Ich backe extra einen Kuchen für

deine neue Freundin. Versprochen! Und nun schlaf schön, mein Flämmchen.«
Am Sonntagmittag teilte Karel mit, dass er sich doch den Film ansehen wolle. »Kann ich noch jemanden mitbringen?«
»So viel du willst«, sagte Papa, »ich denke nicht, dass es ausverkauft ist. Wen bringst du denn mit?«
»Petra«, sagte Karel.
Da ihn alle nur schweigend und erwartungsvoll anstarrten, fügte er hinzu: »Meine Freundin.«
Papa, Paul und Ulla waren verblüfft. Sie sahen sich an und alle lächelten.
»Aber ich will keine Bemerkung hören, wenn sie kommt. Auch nicht von dir, Paul«, sagte Karel und sah seinen Bruder sehr streng an.
Keiner erwiderte etwas. Paul pfiff nur leicht durch die Zähne. Und als Papa sich von der Überraschung erholt hatte, meinte er nur, dass Petra willkommen sei, sehr willkommen.
Im Heimatmuseum saßen zwanzig Leute, um sich den Film anzusehen. Papa, Paul und Ulla hatten sich in die letzte Reihe gesetzt und zwei Stühle für Karel und seine Freundin reserviert. Die beiden kamen erst im letzten Moment, als die Leiterin des Museums schon aufgestanden war, um einige Worte der Begrüßung und über den Film zu sagen.
Ulla war sehr aufgeregt, als Karel mit seiner Freundin

den Raum betrat. Immerfort hatte sie sich nach der Eingangstür umgedreht und dann laut geflüstert: »Sie kommen!«

Petra war eine kleine schwarzhaarige Person mit Knopfaugen. Sie war kaum größer als Ulla, aber wohl ebenso alt wie Karel. Ihre Haare hatte sie mitten auf dem Kopf zusammengebunden, sie standen wie eine kleine Fontäne über ihr.

Sie gingen rasch zu ihren Plätzen, weil die Museumsleiterin beginnen wollte. Petra gab allen die Hand und war dabei so verlegen, dass sie errötete. Als sie Papa begrüßte, sah sie kaum auf. Und zu Ulla sagte sie »Hallo«, als sie ihr die Hand reichte.

»Auch hallo«, erwiderte Ulla vergnügt.

Karel blickte grimmig auf seinen Bruder, aber der sah Petra nur neugierig an und schüttelte ihr herzlich und lange die Hand.

Die Leiterin des Museums erzählte, wann der Film entstanden sei und dass sie ihn jedes Jahr einmal vorführe, weil er ein besonders schöner Film über ihr Hiddensee sei. Und dann sagte sie: »Und ich hoffe, die Regisseurin macht noch viele, viele Filme. Und möglicherweise noch einmal einen Film über unser Hiddensee, denn hier gibt es viel zu sehen und zu entdecken.«

Papa und die Kinder sahen sich nicht an. Sie starrten unverwandt und wie versteinert auf die Leinwand.

Das Licht ging aus, der Vorführapparat summte und mit den ersten Bildern, die zu sehen waren, erklang die Gitarrenmusik des Films.
Petra sagte nach der Vorstellung, dass ihr der Film gefallen habe und dass sie vieles wieder erkannt habe, die Häuser, die Steilküste und natürlich den Hafen von Kloster. Papa freute sich darüber und fragte, ob sie noch einen Moment Zeit habe. Sie könnten doch alle zusammen noch ein Eis essen gehen. Karel schüttelte den Kopf.
»Nein, wir haben es eilig. Petra muss nach Hause.«
Petra sah ihn überrascht an, aber Karel sagte rasch: »Du weißt doch, dass wir keine Zeit haben.«
»Dann komm morgen Nachmittag zu uns«, sagte Papa, »ich backe extra für dich einen Kuchen.«
»Ein Kirsch-Schokoladen-Kuchen höchstwahrscheinlich«, vermutete Ulla.
»Ja, sicher. Den kann ich halt am besten«, sagte Papa.
Sie verabschiedeten sich und die beiden marschierten davon.
»Sie ist ja wirklich sehr klein«, bemerkte Paul, »wenn sie sich küssen wollen, muss sich Karel tief runterbeugen.«
»Meinst du, sie küssen sich?«, fragte Ulla gespannt.
»So etwas soll gelegentlich vorkommen. Habe ich jedenfalls gehört«, sagte Paul.

Ulla starrte ihren Bruder an und bekam vor Aufregung einen Schluckauf.
»Immerhin ist Karel schon fünfzehn«, gab Papa zu bedenken, »wer weiß, was ihr alles macht, wenn ihr so alt seid.«

Der Kirsch-Schokoladen-Kuchen schmeckte vorzüglich. Petra aß sogar drei Stück davon und lobte ihn sehr. Ulla fragte sie die ganze Zeit aus, und Petra erzählte, dass sie und ihre Eltern zum Urlaub hier seien. Sie sei zum allerersten Mal auf der Insel und verreise sehr selten mit den Eltern zusammen in den Ferien. Ihre Eltern besäßen nämlich eine Gärtnerei, wo immer jemand da sein müsse, um sich um die Pflanzen zu kümmern. In diesem Jahr würde eine Gärtnerin aus dem Nachbarort für drei Wochen ihre Gärtnerei betreuen und nur deshalb konnten sie alle zusammen verreisen.
Papa lud sie ein, mit ihnen zum Strand zu gehen. Petra sagte, sie könne bis zum Abend hier bleiben, ihren Eltern hätte sie Bescheid gesagt, doch Karel unterbrach sie und sagte, sie hätten keine Zeit, weil sie doch noch etwas vorhätten. Petra sah ihn verwundert und fragend an.
»Du weißt doch«, sagte Karel eindringlich und geheimnisvoll.
Allen fiel auf, dass Petra nichts davon wusste, doch

Papa sagte, sie sollten nur losgehen. Wann immer sie Lust hätten, mit ihnen an den Strand zu gehen, sie wären herzlich willkommen.
»Er will nicht, dass wir mit ihr zusammen sind«, sagte Paul, nachdem die beiden gegangen waren, »er tut so, als ob wir sie ihm wegnehmen wollten.«
»Nein«, widersprach ihm sein Vater, »er will mit ihr allein sein. Das ist etwas ganz anderes.«
»Sie wollen sich küssen«, befürchtete Ulla.
»Vielleicht. Wäre das so schlimm?«, fragte ihr Vater.
»Dann können sie auch gleich heiraten«, erklärte sie nachdrücklich, »wer sich küsst, der muss auch heiraten.«
Doch Paul widersprach ihr: »Dafür sind sie noch viel zu jung. Und das mit dem Küssen, Ulla, damit wird es bei ihnen auch nicht weit her sein. Da üben sie noch. Und darum probieren sie es so oft.«
»Und du weißt da Bescheid?«, erkundigte sich Papa.
»Wenn ich wollte, wäre ich darin Weltmeister.«
»Gut zu wissen«, sagte Papa, »und wann dürfen wir deine Freundin kennen lernen?«
»Ich hab keine Freundin. Jedenfalls nicht so richtig.«
»Und woher weißt du dann, dass du so ein guter Küsser bist?«, fragte Ulla.
»Es gibt angeborene Talente, Kleine. Papa kann mit Steinen umgehen wie kein anderer. Er kennt sie sozusagen persönlich. Das kann man nicht lernen, das liegt

im Blut. Karels Kopf ist konstruiert wie ein Supercomputer und diesen Kopf hatte er bereits in der Wiege. Und ich bin eben ein geborener Küsser. Und da ist es ganz egal, ob ich eine Freundin habe oder nicht.«

»Und ich? Was bin ich? Was habe ich für ein Talent?«

»Eben das musst du herausbekommen. Dazu gehst du in die Schule.«

»Wenn etwas angeboren ist, dann ist es auch ohne Schule da. Und das möchte ich gern wissen.«

»Komm zu mir, Ulla«, sagte Papa und nahm sie in den Arm. »Ein Talent muss man erst entdecken. Natürlich ist es vorhanden, bei jedem Menschen. Manche suchen und entdecken es, andere schenken ihrem Talent keine Beachtung. Sie vergessen es und das Talent verkümmert und stirbt ab. Ich bin genauso gespannt wie du, was sich bei dir zeigen wird. Aber ich bin jetzt schon sicher, du wirst so schön und so klug und so tapfer wie Mama. Das hat sie dir noch mitgeben können, deine Mama.«

15. Kapitel

Zum Ende des Urlaubs gab es, wie bei jedem ihrer Besuche auf der Insel, eine Kutschfahrt. Papa hatte auch Petra dazu eingeladen. Pünktlich um acht Uhr morgens stand sie vor der Tür. Die Familie saß noch vor dem Haus beim Frühstück und Petra bekam eine Tasse Kakao und aß auch eins der frischen Brötchen.
Herr Jau erschien. Er war ein Bauer und kam mit seinem Kutschwagen, vor den er zwei Pferde gespannt hatte. Auch er setzte sich zu ihnen und erhielt zu essen und zu trinken und dann brachen sie alle zusammen auf. Strolch umlief misstrauisch die Pferde. Die Kreise um sie wurden immer enger und schließlich stand er direkt vor ihnen und sah ihnen in die Augen.
Es wurde ein schöner Vormittag. Hans und Lotte, die

beiden Pferde von Bauer Jau, brachten sie bis an das gesperrte Naturschutzgebiet vom Gellen.
Strolch trottete neben den Pferden her, ganz so, als kenne er gar nichts anderes. Ihren Hufen wich er geschickt aus und die Radfahrer und Fußgänger scheuchte er mit einem kurzen Bellen aus dem Weg. Herr Jau lobte Strolch und sagte, dass sei noch ein richtiger Hund und nicht so ein verzogener dummer Stadtköter, der nichts könne außer fressen und pinkeln.
Dann fuhren sie durch die Dörfer der Insel bis zum Enddorn, liefen dort ein paar Schritte zum Bodden, um zu baden, während die Pferde verschnauften und zu fressen bekamen. Strolch weigerte sich, mit ihnen an den Strand zu gehen. Er blieb bei den Pferden.
Auf der Rückfahrt musste Bauer Jau sehr langsam fahren und vorsichtig kutschieren, denn inzwischen waren die Touristen auf die Insel gekommen. Es waren so viele, dass sie auch Strolch nicht aus dem Weg scheuchen konnte. Sie schlenderten gemächlich vor ihnen her oder hielten sogar den Kutschwagen auf, um die Pferde zu streicheln und Bauer Jau zu fragen, wo man hier gut essen könne.
Ulla und Papa unterhielten sich die ganze Fahrt über mit Petra. Sie erzählte von der Gärtnerei ihrer Eltern und verblüffte Papa, weil sie sich mit Bäumen und Pflanzen sehr gut auskannte.

»Schade, dass du unsere Mama nicht mehr kennen gelernt hast. Mit ihr hättest du dich sicher gut verstanden. Über Pflanzen wusste sie auch alles.«
»Sie redete sogar mit den Blumen«, warf Ulla ein.
»Das macht meine Mutter auch«, sagte Petra, »und ich schimpfe manchmal mit ihnen, wenn sie zu sehr durcheinander wachsen.«
»Ach, du schimpfst mit ihnen?«, erkundigte sich Paul. »Kann man denn mit Pflanzen schimpfen?«
Er fragte Petra, sah aber dabei Karel neugierig an.
»Selbstverständlich«, erwiderte Petra, »sie lassen dann für ein paar Minuten ihre Blätter hängen, aber dann gehorchen sie. Pflanzen sind nämlich sehr sensibel.«
»Hast du das gehört?«, erkundigte sich Ulla bei Karel.
Karel nickte nur. Dass man mit Pflanzen schimpft, schien für ihn in Ordnung zu gehen. Ulla verkniff es sich, ihn zu fragen, ob denn das auch beweisbar sei. Paul machte seine Scherze mit Petra und freute sich, wenn er sie zum Lachen brachte. Nur Karel sagte wenig, aber man sah ihm an, wie stolz er auf seine Freundin war.

Am Freitag standen sie früh auf und packten nach dem Frühstück ihre Sachen ein. Dann machten alle zusammen das Haus sauber. Karel verschwand für eine Stunde, um sich von Petra zu verabschieden. Als er zurückkam, sahen alle, dass er geweint hatte, aber selbst Paul verkniff sich jede Bemerkung darüber. Um elf Uhr zogen sie mit ihrem Gepäck und einem Fahrrad zum Hafen und warteten auf die Fähre, mit der Frau Dach kommen sollte und mit der sie zum Festland und ihrem Auto zurückfahren wollten.

»Kinder, ist das herrlich hier«, rief Frau Dach, als sie von der Fähre herunterkam, »so eine große Stadt ist ja schön und gut, aber mich macht sie völlig wuschelig. So viele Leute und alle haben es eilig. Keiner hat Zeit und sicher hat von denen noch nie jemand einen Sonnenaufgang gesehen. Jedenfalls nicht, wie die Sonne aus dem Meer emporsteigt und die ganze Welt erstrahlen lässt. Morgen stehe ich vor Tag und Tau auf, um mir das wieder anzusehen. Und wie hat es euch auf meiner Insel gefallen? Aber das muss ich ja nicht fragen, das sehe ich euch ja an.«

Papa übergab ihr die Schlüssel und alle bedankten sich. Frau Dach fragte jeden noch mal, wie es ihm gefallen habe. Und als sie Karel danach fragte, sagte er:

»Es war der schönste Urlaub meines Lebens.«

»Ja, nicht wahr«, sagte Frau Dach, »diese Sonnenaufgänge hier sind zu schön.«

»Besonders wenn man gleich zwei Sonnen zu sehen bekommt«, warf Paul ein.

»Oh«, sagte Frau Dach und warf einen anerkennenden Blick auf Karel, »ich glaube, ich verstehe. Dann ist es auf meiner Insel natürlich noch viel paradiesischer.«

Der Schiffsführer wollte schon den Laufsteg an Bord holen, um abzulegen, aber Frau Dach hielt ihn auf. Sie umarmte Papa und die Kinder und half ihnen dann, das Gepäck an Bord zu bringen. Als die Fähre ablegte, wollte Ulla ihr noch zuwinken, aber von Frau Dach sah sie nur noch den Rücken. Sie hatte es offenbar sehr eilig, mit dem beladenen Fahrrad zu ihrem Haus zu kommen.

Auf der Fahrt zum Festland saßen sie auf dem oberen offenen Deck und sahen den Möwen zu, die um die Fähre kreisten und darauf warteten, dass sie gefüttert wurden. Strolch ließ sie nicht einen Moment aus den Augen.

»Ein schöner Urlaub war das«, sagte Ulla.

»Ja«, sagte Papa, »diese Insel hat der Herrgott bei bester Laune geschaffen.«

»Es war unser erster Urlaub ohne Mama«, sagte Paul, »und so wird es nun immer sein. Immer ohne Mama.«

Keiner sagte etwas. Sie schauten ins Wasser und zu den Möwen, zu dem Festland vor ihnen und zu der hinter ihnen verschwindenden Insel. Alle waren jetzt bedrückt und hingen ihren Gedanken nach. Auch Karel war traurig. Aber vielleicht nicht wegen Mama. Oder nicht nur wegen Mama, denn er hatte sich von

Petra verabschieden müssen, und sie wussten nicht, wann sie sich wieder sehen.
Aber kurz darauf waren alle beschäftigt. Sie liefen hektisch über das Deck und suchten Papiertaschentücher und Toilettenpapier, denn Strolch hatte sich wieder erbrochen. Und diesmal landete die Bescherung zwischen den Sitzbänken. Die Mitreisenden schauten empört. Einige von ihnen verließen naserümpfend das Deck, um sich woanders einen Platz zu suchen. Karel und Ulla wischten das Erbrochene weg. Paul hatte Strolch auf den Schoß genommen und beruhigte ihn. Und Papa musste eine dicke Dame beschwichtigen, die der Ansicht war, dass Hunde nur in einem Käfig auf einer Fähre mitfahren dürften.
Daheim angelangt mussten Paul und Ulla das Gepäck allein ausladen. Karel hatte einen ganz wichtigen Brief zu schreiben, der noch rechtzeitig im Briefkasten sein musste, und Papa ging zuerst in den Garten, um nach seinen Steinen zu sehen.

16. Kapitel

Einige Wochen lang arbeitete Papa von früh an bis zum Einbruch der Dunkelheit an seiner Pietà. Ende September, als die Tage merklich kürzer wurden, war die Statue der Maria mit ihrem toten Sohn auf dem Schoß fertig.

Papa schien traurig zu sein, als er es ihnen sagte. So als ob es ihm Leid täte, diese Arbeit beendet zu haben. Einen ganzen Tag lang saß er vor der fertigen Statue und betrachtete sie. Sogar das Mittagessen musste ihm Paul hinausbringen, denn er wollte an diesem Tag seinen Stein nicht verlassen.

Am nächsten Tag, als die Kinder aus der Schule zurück waren und sie gegessen hatten, bat er sie, in den Garten zu kommen, um sich die Pietà anzusehen. Das hatte Papa immer gemacht, wenn er eine Arbeit beendet hatte. Irgendwann sagte er, dass der neue Stein fertig sei, und Mama und die Kinder mussten mit ihm hinausgehen und die Skulptur betrachten, obwohl sie den Stein doch jeden Tag gesehen hatten. Papa stellte sich dann abseits und wartete darauf, was seine Familie dazu zu sagen hatte. Und dann nickte er und strahlte und sagte: »Ja, das ist kein Scheiß. Das kann ich vorzeigen.«

Zum ersten Mal war Mama nicht dabei, als Papa der Familie eine fertige Arbeit vorstellte. Diesmal gingen nur Karel und Paul und Ulla um die Statue herum, fassten sie an, streichelten über ihre weichen Rundungen und die grob gelassenen Kanten.

»Nun?«, fragte Papa.

»Ich kann Mama nicht entdecken«, sagte Paul schließlich.

»Ja«, sagte Ulla, »du hast zu dem Bischof gesagt, du willst der Pietà etwas von Mama geben. Aber ich sehe auch nichts von ihr. Diese Maria ist Mama überhaupt nicht ähnlich.«

Papa nickte nur und schwieg. Nach ein paar Minuten sagte er: »Ihr habt Recht, für euch ist die Figur Mama überhaupt nicht ähnlich. Aber ich habe dieser Statue etwas gegeben, was Mama für mich war. Ich kenne Mama viel länger als ihr. Ich kenne noch das Mädchen, das sie war. Sie war achtzehn Jahre alt, als wir uns kennen lernten. Denkt mal an die alten Fotos in der Kiste. Das junge Mädchen, das da zu sehen ist, auch das ist für mich eure Mama. Wenn ich auf diesen Stein schaue, sehe ich Mama. Ich sehe sie mit meinen Augen und mit meinem Herzen. Aber ich kann es euch nicht zeigen und auch nicht erklären. Jeder von uns wird Mama auf eine andere Weise in seinem Gedächtnis bewahren. Und für mich, nur für mich, ist es dieser Stein.«

»Dieses Lächeln vielleicht«, sagte Karel und ging zwei Schritte zurück, »da ist etwas von Mama zu sehen.«

»Nein«, erklärte Ulla, »das ist ein Stein. Auch wenn es eine wunderbare Maria geworden ist, es ist nur ein Stein, Papa. Mama war ganz anders.«

Am Abend telefonierte er viel, mit dem Bischof, mit einigen Kollegen, denen er die Pietà zeigen wollte, und mit dem Transportunternehmen, das alle seine fertigen großen Steine zu den Plätzen brachte, an denen sie aufgestellt werden sollten.

Papa sagte ihnen, dass der Bischof auch die Kinder eingeladen hätte, an der Aufstellung der Maria und der Zeremonie ihrer Weihe teilzunehmen. Sie wären Gäste des Bistums und könnten sich die große Stadt ansehen. Die Reise würde zehn Tage dauern, wenn sie mit Papa und der Statue mitführen und an der Einweihung teilnähmen. Aber in dieser Zeit waren Herbstferien und sie würden nur zwei Schultage versäumen.

Am nächsten Tag rief Papa den Bischof wieder an, sagte ihm, wann der Transport bei ihm eintreffe und dass er mit Karel und Paul und Ulla käme. Er müsste aber auch Strolch mitbringen, denn den könne er nicht allein lassen.

»Natürlich«, sagte der Bischof, »Strolch musst du mitbringen. Außer dir kennt keiner den Stein so gut wie Strolch. Aber bei uns in der Stadt muss er an die Leine. Da wird auch für ihn keine Ausnahme gemacht. Sag ihm das.«

Karel schrieb jetzt jeden Tag Briefe, und jeden Tag bekam er einen Brief, auf dem neben der Adresse und dem Absender noch kleine rätselhafte Zeichen aufgemalt waren. Drei Tage nach dem Telefonat mit dem Bischof ging er zu seinem Vater.

»Petra würde gern deinen Stein sehen«, sagte er.

»Lade sie ein. Sie kann bei uns wohnen. So lange sie will«, erwiderte sein Vater.

Karel druckste und stotterte und sein Vater sah ihn verwundert an.

»Was gibt es denn noch«, fragte er schließlich, »heraus mit der Sprache.«

»Könnte Petra, ich meine, könnte sie nicht ... ich dachte, Petra könnte mit uns fahren. Sie hat doch auch Ferien.«

»Ich denke, das geht«, sagte Papa, »der Bischof hat die ganze Familie eingeladen. Und Petra gehört dazu.«

Karel war sehr froh. Er ging einen Schritt auf seinen Vater zu und umarmte ihn plötzlich und sehr heftig.
»Ich danke dir«, sagte er verlegen.
»Wenn du ihr schreibst, grüße sie bitte von mir«, sagte Papa.

In den folgenden Tagen hatte Papa viel Besuch. Kollegen und Freunde kamen, um sich die Pietà anzusehen und sie zu fotografieren. Und anschließend saßen sie mit Papa im Garten, um mit ihm zu reden und zu essen. Wenn es dunkel wurde oder zu kalt, gingen sie ins Haus und redeten dort weiter. Die Kinder setzten sich manchmal zu ihnen, aber meistens gingen sie in ihre Zimmer und kamen nur zum Essen heraus. Nur wenn eine Frau ganz allein kam, dann wich Ulla nicht von Papas Seite. Als er sie einmal fragte, ob es denn für sie so interessant sei, den Gesprächen der Erwachsenen zuzuhören, sagte sie nur: »Einer muss dich doch beschützen.«
»Ach, so ist das«, sagte Papa, »aber dafür ist Strolch zuständig.«
»Das schafft ein Hund nicht allein«, erwiderte Ulla, »selbst ein Strolch nicht.«
Und sie blieb bei Papa sitzen, bis die Besucherin gegangen war.

17. Kapitel

Die große Reise begann mit einem ohrenbetäubenden Krach. Früh um sieben fuhren ein Kranwagen und ein Laster vor ihr Haus. Das alte Gartentor wurde ausgehoben. Der Kranwagen und der Lastwagen fuhren in den Garten und unter Papas Aufsicht wurde die Statue mit Sackleinwand und Holz verkleidet. Dann wurden die Stahlseile des Krans an den Eisenbahnbohlen befestigt, auf denen die Pietà im Garten stand. Papa und die Männer prüften mehrmals, ob alles sicher angebracht sei. Dann hob der Kranführer die Statue leicht an, der riesige Stein schwebte fünf Zentimeter über dem Boden und die Männer gingen um die schwebende Pietà herum und kontrollierten alles. Schließlich wurde die Statue wieder auf die Bohlen gestellt, und für alle gab es ein Frühstück. Ulla hatte das Frühstück mit Petra, Karel und Paul vorbereitet.

Petra war am Vortag zu ihnen gekommen und von allen sehr herzlich begrüßt worden. Sie trug diesmal Zöpfe, in die ein grünes Band eingeflochten war, und in ihrem Haar steckte ein Schmetterling, was besonders von Ulla sehr bewundert wurde.
Petra hatte kleine Geschenke mitgebracht. Paul bekam ein winziges Geduldsspiel von ihr, Ulla eine Schmetterlingsbrosche, die genauso aussah wie Petras Haarspange. Und Papa bekam eine dicke Zigarre, die in einer metallenen Hülse steckte und sehr, sehr gut sei, wie Papa erklärte. Karel bekam auch ein Geschenk von Petra, aber es war in buntes Papier eingewickelt. Karel öffnete es erst in seinem Zimmer und war nicht bereit, den anderen zu erzählen, was er von Petra bekommen hatte.
Nach dem Frühstück gingen alle wieder in den Garten. Der stählerne Riese hob den Stein an, dann schwenkte der Kranarm ihn zur Seite. Danach wurde die Statue noch einen Meter höher gehoben, über die Ladefläche des Lastwagens geschwenkt und schließlich ganz langsam, Zentimeter für Zentimeter, heruntergelassen, bis sie wieder auf den Bohlen stand, die nun auf dem Lastwagen lagen.
Der Kran wurde aus dem Garten gefahren und vor dem Haus abgestellt. Dicke Holzbretter wurden vor die Reifen des Lastwagens gelegt, um zu verhindern, dass sie sich in die Gartenerde wühlten. Dann stieg

Hubert, der Fahrer, in den Lastwagen, startete den Motor und fuhr ganz langsam an. Der Motor heulte auf, die Räder drehten sich im Gras, ohne dass sich der Laster bewegte. Dann bekamen die großen Reifen die Holzbretter zu fassen, das Holz splitterte und krachte, die Männer traten vom Wagen zurück. Der Wagen bewegte sich langsam vorwärts. Tiefe Reifenspuren hinter sich lassend, fuhr er aus dem Garten. Als er die Straße erreichte, schaltete Hubert den Motor aus und kletterte aus seinem Wagen.

»Was sagtest du, Utz, zwanzig Zentner? Das sind fünfundzwanzig Zentner, mein Lieber.«

»Nein«, sagte Papa, »so viel wog der Stein, als er geliefert wurde. Aber fünf Zentner habe ich abgeschlagen. Das kann ich dir versichern. Das spüre ich in meinen Knochen.«

»Meinem Lastwagen wäre es lieber, wenn du noch ein paar Zentner mehr abgeschlagen hättest. So schwer waren deine Figuren doch sonst nicht.«

»Ja«, sagte Papa, »diesmal ist es ein ganz besonderer Stein.«

»Er wird zu tun haben, der Motor. Schließlich sind es achthundert Kilometer.«

»Es ist eine schöne Frau, die dein Laster zu tragen hat«, sagte Papa, »da sollte ihm keine Last zu schwer sein.«

»Schön ist ja die Dame, aber auch etwas übergewich-

tig. Na, dann wollen wir uns mal auf die Reise begeben.«
»Gute Fahrt«, sagte Papa, »wir machen hier nur noch klar Schiff und kommen hinterher. Du wirst uns wohl nicht entwischen.«
Der Lastwagen fuhr los. Die Kinder räumten das Frühstücksgeschirr ab. Dann verstauten sie ihr Gepäck im Wagen. Papa hatte in der Zwischenzeit mit dem Kranführer das Gartentor in Ordnung gebracht. Schließlich verschloss Papa das Haus und die Gartentür und stieg in sein Auto. Neben ihm saß Paul, Karel und die beiden Mädchen nahmen hinten Platz. Butz saß auf dem Schoß von Ulla, und wenn sie meinte, ihm sei langweilig, wurde er auf Petras Schoß gesetzt.
Bereits nach einer halben Stunde hatten sie den Laster eingeholt und fuhren nun mit ihm zusammen und sehr langsam weiter, mal vor dem Lastwagen, mal hinter ihm.
Da der Schwertransport nur langsam vorankam, konnten sie nicht auf der Autobahn fahren, sondern mussten auf den Landstraßen bleiben und durch viele Städte und Dörfer fahren. Und wo immer sie durchkamen, blieben die Leute am Straßenrand stehen und zeigten voller Bewunderung auf die Marienfigur mit dem toten Sohn auf den Knien. Ältere Frauen bekreuzigten sich und senkten den Kopf. Ulla fragte

dann jedes Mal aufgeregt und stolz ihren Papa, ob er das auch gesehen habe, und Papa brummte nur etwas. Die Autos, die sie überholten oder die ihnen entgegenkamen, hupten laut und die Fahrer winkten ihnen zu. Als der Laster an einer Kreuzung direkt neben einem großen Neubau warten musste, klatschten die Bauarbeiter auf dem Gerüst sogar Beifall, als sie die prächtige große Statue sahen.

Ulla beklagte sich, weil Karel und Petra immerzu miteinander flüsterten. Ab und zu hielt Papa an und sie tauschten die Plätze. Als einmal Petra vorn saß und minutenlang schweigend auf den vor ihnen herfahrenden Marienstein blickte, fragte Papa sie: »Gefällt dir mein Stein?«

»Er ist wunderschön. Die Frau ist nur ein Stein und doch scheint sie zu leben. Sie ist traurig, die Maria, aber sie wirkt auch stolz und kräftig. Ihr Sohn wurde umgebracht, aber sie bringt die Kraft auf weiterzuleben. Sie trauert, aber sie ist nicht verzweifelt. Oder ist das ganz falsch, was ich sage?«

»Kein Kunstprofessor hätte es besser sagen können, Petra. Genau so ist es. Genau das wollte ich erreichen.«

Petra wurde rot. »Und wie sah der Stein vorher aus, ich meine, bevor Sie daran arbeiteten?«

»Ein riesiger hässlicher Klotz«, rief Ulla dazwischen, »grau und rissig. Aber ich habe gewusst, dass Papa es schafft.«

»Ja«, sagte Papa, »es war wirklich ein riesiger Steinklotz. Ein achteckiger Koloss, den ich mir in Italien ausgesucht hatte.«

»Und den hat man Ihnen aus Italien gebracht?«

»Ja. Plötzlich war dieser Riesenstein im Garten. Ich bin wochenlang drum herum gelaufen. Es hat lange gedauert, bis ich mich mit ihm vertraut gemacht hatte. Und noch länger dauerte es, bis ich die Pietà darin sehen konnte. Und erst dann habe ich zum Meißel gegriffen.«

»Hatten Sie keine Angst, etwas Falsches abzuschlagen.«

»Nein, Petra. Ich sah ja die Maria. Sie saß mit ihrem Sohn in dem Stein. Sie war gewissermaßen in dem Stein eingeschlossen. Und ich musste nur noch die Hülle wegschlagen, das war alles.«

»Das könnte ich nie.«

»Das können auch Frauen, Petra. Karel hat an dem Stein gearbeitet, er hat einiges abgeschlagen. Und du kannst mir ja auch einmal helfen, wenn du Lust hast.«

Petra sah sich nach Karel um und strahlte ihn an.

»Und ich auch. Ich kann dir auch helfen«, sagte Ulla.

»Natürlich«, sagte Papa, »eines Tages sitze ich nur noch auf meinem Gartenstuhl, die Beine hochgelegt, und sage euch, was ihr abschlagen müsst.«

Nach sechs Stunden Fahrt wurde es allmählich dunkel. An einem Landgasthaus, mitten im Thüringer

Wald, hielten sie an, nachdem sich Papa und der Lastwagenfahrer mit Handzeichen verständigt hatten. Der Wirt hatte genügend Zimmer frei, und sie entschieden, hier zu übernachten. Papa fuhr seinen Wagen auf den Parkplatz. Der Lastwagen musste am Straßenrand stehen bleiben, denn er war so groß, dass er nicht auf den Parkplatz passte. Sie aßen noch gemeinsam Abendbrot und gingen dann gleich zu Bett.

Am nächsten Morgen standen sie sehr früh auf, kurz nach sechs. Draußen wurde es gerade erst hell, doch Hubert wollte den Rest der Strecke nach Möglichkeit an einem Tag schaffen.

Wieder fuhren sie über die Landstraßen. Wenn es bergauf ging, heulte der Motor des Lastwagens vor Anstrengung laut auf und der Wagen wurde immer langsamer, so dass alle befürchteten, er schaffe es nicht und bleibe stehen.

Als sie nur noch wenige Kilometer zu fahren hatten, kamen ihnen ein Polizeiwagen mit Blaulicht entgegen und eine große schwarze Limousine. Die Polizisten stoppten den Transport. Aus der Limousine stieg ein älterer Herr aus und kam auf sie zu. Er stellte sich ihnen vor und sagte, er sei der Domdechant und zu seiner großen Freude vom Bischof beauftragt worden, die Pietà in die Stadt zu geleiten.

Nun fuhren sie mit Polizeischutz weiter und in die

Stadt hinein. Allen voran fuhr das Polizeiauto mit Blaulicht. Dann kam der Lastwagen mit der Pietà. Ihm folgte Papas Auto, und zum Schluss fuhr der Wagen des Bischofs, in dem der Dechant saß. Da sie nur sehr langsam fuhren und die anderen Autos die kleine Gruppe nicht überholen konnten, wuchs der Autokonvoi von Minute zu Minute. Als sie die Stadtgrenze erreichten, folgte ihnen ein kilometerlanger Schwanz von kleinen und großen Autos. Die Autofahrer ganz hinten in der Schlange konnten die Marienstatue nicht sehen. Sie verstanden nicht, warum alle so langsam fuhren, und hupten wütend. Die anderen weiter vorn hupten empört zurück. Und so kam es, dass Papas Pietà von einem endlosen Autokonvoi unter einem ohrenbetäubenden Hupkonzert in die Stadt begleitet wurde.
Die Polizei brachte sie direkt zum Domplatz. Der Sockel für die Pietà stand bereits fertig vor dem Dom, ein weißer rechteckiger Granitstein. Neben dem Sockel war ein Platz mit rotweißen Bändern abgesperrt. Ein Polizist öffnete die Absperrung, als sich der Fahrzeugkonvoi dem Dom näherte, und wies Huberts Lastwagen ein. Nun stand die Pietà neben ihrem künftigen Sockel und schaute auf den Dom. Viele Leute hatten sich dort bereits versammelt und nun wurden es immer mehr. Hubert hatte Mühe, aus dem Wagen zu steigen, so viele Leute drängten um sein Auto.

Es ging lebhaft zu auf dem Platz, doch keiner bekreuzigte sich, keiner betete und keiner klatschte Beifall. Ulla war enttäuscht. Sie hatte gedacht, die Leute würden jubeln.
Plötzlich begannen die Glocken zu läuten. Nun wurden die Menschen still und schauten auf die Mutter Maria mit dem toten Christus im Arm.
Papa und die Kinder waren aus ihrem Auto gestiegen und stellten sich neben den Domdechanten, der ebenfalls schweigend die Pietà ansah.
»So«, sagte Papa, »da haben Sie nun Ihre neue Einwohnerin. Sie ist sehr schön, aber sie hat mir viel Mühe gemacht.«
Und dann nahm er eine Zigarre aus der Tasche und steckte sie sich in den Mund, ohne sie anzuzünden.

18. Kapitel

Papa, die Kinder und Hubert wurden in einem Hotel untergebracht. Der Dechant sagte ihnen, dass der Bischof sie gern selbst begrüßt hätte, aber dienstlich verhindert sei. Er würde in zwei Tagen zurück sein. Sie wären alle seine Gäste, so lange sie bleiben wollten. Darüber, dass Papa nicht mit drei sondern mit vier Kindern erschienen war, verlor er kein Wort, sondern bestellte ein weiteres Zimmer.
Petra, Karel und Paul wollten sich noch am Abend die Stadt ansehen, aber nach dem Abendbrot waren sie so müde, dass sie gleich ins Bett gingen.
Als sie am nächsten Morgen zum Domplatz gingen, stand bereits ein Kranwagen neben dem Laster. Viele Neugierige hatten sich eingefunden, um zuzuschauen, wie die Pietà auf den Sockel gehoben wurde. Auch die Kinder sahen ihnen einige Zeit lang zu,

dann wurde es ihnen zu langweilig und sie beschlossen, durch die Stadt zu laufen.
Als sie mittags zurückkamen, stand die Pietà bereits auf dem Sockel. Den Dom im Hintergrund, schaute sie nun blicklos in die Stadt, den Körper ihres toten Sohnes im klaglosen Schmerz vor sich haltend. Hubert war mit seinem Lastwagen schon wieder gefahren. Er wollte bis zum Abend zurück in seiner Heimatstadt sein. Papa lief allein über den Platz und betrachtete die Menschen, die seine Statue betrachteten, und lauschte ihren Gesprächen. Als er die Kinder sah, ging er mit ihnen zu Mittag essen.
Den Bischof sahen sie erst am Sonntag, zur Weihe der Pietà. Sie waren früh in den Gottesdienst gegangen, den der Bischof in seinem prächtigen Gewand zelebrierte. Auf dem Kopf trug er seine hohe Bischofsmütze, die Mitra. In der Hand hielt er den Krummstab. An seinem Finger war der Bischofsring zu sehen, auf der Brust trug er ein großes Kreuz. Zu Beginn sprach er über Papas Pietà, die er ein steinernes Gebet nannte. Er sagte, dass ihr Schöpfer, der anwesende Bildhauer, ein lebendiger Beweis dafür sei, dass wir von Gottes Atem belebt würden. Ulla lief es kalt den Rücken herunter, als sie das hörte, und sie fasste nach Papas Hand.
Nach der Messe zog der Bischof in einer Prozession von geistlichen Würdenträgern und mit Messdienern,

gefolgt von den Besuchern des Gottesdienstes, durch den Dom. Als er an der Bank vorbeikam, in der die Kinder und Papa saßen, blieb er stehen und winkte sie heran. Alle fünf gingen nun direkt hinter dem Bischof und vor den Würdenträgern aus der Kirche.
Der Bischof stellte sich neben der Pietà auf. Er sprach einige lateinische Sätze, erteilte der Pietà seinen Segen und besprengte sie schließlich mit Wasser.
»Was macht er jetzt?«, fragte Ulla leise.
»Das ist Weihwasser«, flüsterte Karel, »damit wird die Statue geweiht.«
»Und ich hätte gewettet, der Bischof würde sie mit Rotwein einweihen«, sagte Paul halblaut.
Papa ermahnte ihn, still zu sein.
Nach der Zeremonie kam der Bischof auf sie zu und gab allen die Hand. Er fragte sie nach Strolch, den sie im Hotel gelassen hatten. Er unterhielt sich mit ihnen und entschuldigte sich, weil er sie nicht hatte begrüßen können. Er würde auch in den nächsten Tagen kaum Zeit für sie finden. Die zwei Tage, die er sich damals für den Besuch bei Papa und die Besichtigung der Statue habe freinehmen können, seien in diesem Jahr sein einziger Urlaub gewesen.
»Und es war schön bei euch. Ich denke oft an diesen Besuch«, sagte er.
»Ich auch, Herr Kleemann«, sagte Ulla.
»Hier musst du ›Herr Bischof‹ zu mir sagen. Denn

hier bin ich nicht der Herr Kleemann, hier bin ich für alle der Bischof.«
»Sehr wohl, Euer Exzellenz«, erwiderte Ulla und machte so etwas wie einen Hofknicks.
»Nun übertreibe mal nicht gleich, Ulla«, sagte der Bischof und lachte. Und dann ging er mit seinen Begleitern rund um die Statue, sprach mit einigen Besuchern des Gottesdienstes und verschwand wieder im Dom.

Papa und die Kinder blieben noch zwei Tage in der Stadt. Jeden Tag kauften sie sich alle Zeitungen, die es zu kaufen gab, denn in jeder Zeitung war die Pietà abgebildet und es gab viele Artikel darüber. Es wurden auch Leserbriefe zu Papas Statue abgedruckt. Einigen gefiel sie, einigen war sie zu groß, einigen war sie zu klein, und noch andere meinten, dass auf dem Domplatz ein Springbrunnen besser ausschauen würde. Die Kinder lasen ihrem Vater die Zeitungen vor und waren über die kritischen Leserbriefe empört.
Papa aber lachte darüber. »Meine Maria muss ja nicht jedem gefallen, und schon gar nicht sofort. In hundert Jahren werden die gleichen Menschen empört sein, wenn ihnen irgendjemand die Statue wegnehmen will. So sind die Leute. Und Kunst braucht Zeit. Ein Kunstwerk muss man erst kennen lernen. Es ist wie

bei einem Menschen. Es gibt den ersten Blick, der ist sehr wichtig. Da sieht man alles auf einmal und zum ersten Mal, das prägt alle späteren Eindrücke. Man sieht alles und eigentlich nichts. Denn die Feinheiten, die Details, die Einzelheiten, die eigentliche Schönheit entdeckt man erst, wenn man den Menschen oder das Kunstwerk lange kennt. Dann entdeckt man auch die Abgründe und Rätsel, die einen lebenslang beschäftigen können. Ich habe heute noch schlaflose Nächte, wenn ich herauszubekommen versuche, wie ein Michelangelo den Kopf von Moses entwarf. Und bei Mama entdeckte ich Jahr für Jahr und Tag für Tag etwas, was mich überraschte und was ich zuvor nicht gesehen hatte. Also wollen wir den Leuten die Zeit lassen, die Pietà für sich zu entdecken.«

Am Tag nach der Weihe der Pietà kam der Dechant zu ihnen ins Hotel und erkundigte sich, ob alles zu ihrer Zufriedenheit sei.

»Alle in der Stadt sprechen nur noch über Ihre Pietà. Über unsere Pietà«, sagte er zu Papa, »alle rühmen sie.«

»Nun, alle wohl nicht«, entgegnete Papa und wies auf die Zeitungen.

»Ärgert Sie dieser Unsinn?«, fragte der Dechant erstaunt.

»Überhaupt nicht. Ich wollte damit nur sagen, dass

nicht alle meinen Stein bewundern«, sagte Papa und lachte. »Ich habe Sie bei einer kleinen Unwahrheit ertappt, Herr Domdechant.«
»Bei mir würde Papa sagen, ich lüge«, bemerkte Ulla streng.
»Ja, und lügen ist sehr hässlich, nicht wahr«, sagte der Dechant zu Ulla. »Selbst eine kleine Unwahrheit ist eine Lüge, da hast du Recht.«
Der Dechant wandte sich wieder an Papa: »Und obwohl auch der Neid eine Sünde ist und eine menschliche Dummheit, muss ich Ihnen gestehen, ich bin ein wenig neidisch auf Ihre Begabung. Ich habe zwei linke Hände und könnte nie aus einem Stein etwas hervorzaubern. Dabei ist das ja nur das Handwerkliche an Ihrer Arbeit. Von Ihrem Genius, Ihrem Genie, Ihrer Begabung und Fantasie will ich gar nicht erst sprechen.«
»Ach, wissen Sie, von einem Genius bei mir weiß ich nichts. Ich muss alles erarbeiten. Eigentlich sind es nur die Hände und die Augen, mit denen ich einen Stein bearbeite. Wenn das Handwerkliche stimmt, findet sich auch der Rest. Das entsteht immer irgendwie und ganz genau weiß ich das auch nicht.«
»Eben das meine ich ja, dieses Irgendwie. Der eine hat es und der andere kann sich lebenslang darum mühen und wird es nie erlangen. Unser Herr hat seine Gaben sehr ungleich verteilt.«

»Einige aber hat er auch sehr gleichmäßig ausgeschüttet«, warf Paul ein. Da ihn alle überrascht ansahen, fuhr er fort: »Zum Beispiel den Verstand. Davon hat jeder genug bekommen.«

»So?«, fragte der Dechant verwundert. »Das habe ich noch nie bemerkt. Wie kommst du denn darauf, mein Junge?«

»Glaubst du das wirklich?«, fragte Ulla. »Ich kenne ganz dumme Mädchen und Jungen in meiner Klasse, die keinen Funken Verstand haben.«

»Das ist wieder typischer Blödquatsch von Paul«, stöhnte Karel gereizt auf und schüttelte den Kopf.

»Nun, nun«, beschwichtigte ihn der Dechant, »vielleicht fehlt deinem Bruder nur Erfahrung. Denn ich meine auch nicht, dass alle Menschen genug Verstand haben. Auch du wirst das eines Tages noch feststellen müssen.«

»Erfahrung habe ich genug«, sagte Paul, »in meiner Klasse ist ein guter Durchschnitt der Menschen versammelt. Da gibt es gute Kumpel und Schleimer, richtige Freunde und Wassersuppen, Leute, auf die du dich verlassen kannst, und welche, die dir das Blaue vom Himmel herunterlügen. Meine Klasse ist gewissermaßen repräsentativ für die Menschheit.«

»Dann müsstest du wissen, dass der Herr die Menschen nicht alle gleichermaßen mit Verstand gesegnet hat.«

»Ich muss Ihnen widersprechen, Herr Dechant. Kennen Sie auch nur einen einzigen Menschen, der der Ansicht ist, nicht genug Verstand zu haben? Ganz im Gegenteil. Alle glauben, sie könnten von ihrem Verstand den anderen noch etwas abgeben.«
Papa lachte auf. Der Dechant bekam große Augen und lächelte dann auch. Und Karel sagte zu Petra: »Ich wusste es doch! Paul weiß sich doch immer mit einer windigen Erklärung zu helfen.«
Der Dechant bat Papa, am nächsten Morgen zu ihm in sein Büro zu kommen, denn es gäbe schließlich noch etwas Geschäftliches zu regeln. Und sie alle seien für den nächsten Tag in den Amtssitz des Bischofs eingeladen, der mit ihnen zu Mittag essen wolle.
»Um zwölf Uhr. Und bitte seien Sie pünktlich. Der Bischof hat einen vollen Terminkalender.«
Er verabschiedete sich. Dann wandte er sich noch mal an Papa: »Ach, das hätte ich fast vergessen. Bischof Kleemann bat darum, dass Sie einen Lumpen mitbringen.«
»Einen Lumpen?«
»Ja, so sagte er. Verstanden habe ich es auch nicht, aber er meinte, Sie wüssten schon Bescheid.«
»Was für einen Lumpen?« Papa war ratlos und fragte die Kinder: »Wisst ihr, was er damit meinen könnte?«
»Könnte es auch ein Strolch sein?«, erkundigte sich Paul bei dem Dechanten.

»Ja. Genau das sagte Eminenz. Sie sollen einen Strolch mitbringen.«
Strolch hob den Kopf, als er seinen Namen hörte.
»Hast du verstanden, Strolch? Der Bischof hat dich eingeladen.«
Der Domdechant atmete tief durch und war offensichtlich erleichtert, dass der Strolch kein Lump war.
»Ach, du bist der Strolch. Also, wir erwarten morgen auch dich.«

19. Kapitel

Am Nachmittag gingen sie in den Tierpark. Karel und Petra waren die ganze Zeit mit ihnen zusammen. Ulla war beständig an Petras Seite und Karel hörte belustigt den Gesprächen der beiden Mädchen zu.
Am Nachmittag gingen alle zusammen in ein Café und bestellten sich ein Eis. Anschließend fuhren sie in die Innenstadt und sahen sich einen 3-D-Film an, einen dreidimensionalen Film über eine Reise in die Urzeit. Der Film war sehr aufregend. Alle erschraken, wenn die riesigen Dinosaurier direkt auf sie zukamen und ihr Maul aufrissen. Die Mädchen kreischten laut auf und sogar Papa zuckte zusammen. Ulla und Petra erkundigten sich nach dem Kinobesuch, wie ein 3-D-Film funktioniert und hergestellt wird. Karel erklärte es ihnen ausführlich. Doch nachdem er zehn Minuten darüber gesprochen hatte, ver-

drehte Ulla die Augen und Paul sagte: »Ich glaube, jetzt ist allen alles klar, Karel. Und wenn du noch ein Wort mehr sagst, verstehen wir überhaupt nichts mehr.«
Karel wollte gereizt etwas erwidern, aber Petra küsste ihn nur auf die Wange und er verstummte.
Als sie am nächsten Tag bei dem Bischof klingelten, wurde ihnen von einem jungen Mann die Tür geöffnet. Er brachte sie in einen Raum, von dessen Wänden nichts zu sehen war. Denn ringsum standen deckenhohe Bücherregale, in denen sich alte und kostbar wirkende Folianten befanden. Der Mann bat sie zu warten und brachte ihnen eine Wasserkaraffe mit Gläsern.
»Ob Herr Kleemann alle Bücher gelesen hat?«, fragte Paul zweifelnd.
»Wahrscheinlich. Und noch ein paar mehr«, antwortete Papa, »man wird nicht Bischof, wenn man nur ein paar Comics liest, mein Junge.«
»Wenn das so ist, dann wird es vielleicht eines Tages keine Bischöfe mehr geben«, sagte Paul und grinste. »Oder Karel muss Bischof werden. Der liest ja auch alles.«
Aufgeregt sagte Ulla: »Aber dann darf er nicht mehr Petra ...« Sie unterbrach sich und wurde rot.
»Was denn? Du meinst wohl, er darf sie nicht mehr küssen? Da hast du Recht.« Paul strahlte seinen Bruder und Petra an, aber die beiden sagten gar nichts.

Nach einigen Minuten kam der Bischof ins Zimmer. Nun sah er wieder aus wie Ullas Mathematiklehrer. Er trug kein feierliches Gewand, sondern einen einfachen Anzug. Nur der große Ring an seiner Hand verwies noch auf den Bischof.
Er ging auf Papa zu und umarmte ihn.
»Und wer bist du?«, fragte er Petra, nachdem er die Familie begrüßt hatte und auch Strolch, »dich kenne ich noch nicht. Eine Tochter hat mir Utz unterschlagen.«
»Ich bin die Petra«, sagte das Mädchen schüchtern.
»Ja, das ist unsere Petra, meine neue Tochter. Als du bei uns warst, wusste ich noch nichts von ihr. Aber inzwischen gehört sie zur Familie. Darum musste sie uns auch hierher begleiten, darauf habe ich bestanden«, sagte Papa.
»Wie schön für dich, noch eine Tochter zu bekommen. Und so eine schöne junge Dame«, sagte der Bischof, »setzen wir uns. Leider kann ich nicht mit euch Mittag essen. Mein Chauffeur steht mit dem Wagen schon vor der Tür, ich werde dringend erwartet.«
»Vom Papst?«
»Nein, Ulla, nicht vom Papst. Es gibt eine strittige Sache mit der Landesregierung und man erwartet meine Hilfe. Und wieder geht es nur um Geld. Manchmal habe ich das Gefühl, ein Finanzbeamter

zu sein und kein Bischof. So werde ich heute wieder mal kein Mittag essen und mit den belegten Broten auskommen müssen. Schade, sehr schade. Ich hatte mich auf das Essen mit euch gefreut.«

»Sie essen Schulschnitten, Herr Kleemann?«

»Ja, so kann man das sagen. Sehr oft esse ich nur Schulschnitten zu Mittag. Man lässt mir zum Essen keine Zeit.«

»Aber bei der Regierung bietet man Ihnen doch sicher etwas an.«

»So ist es. Aber was mir dort angeboten wird, sind diese kleinen Häppchen, die einen dick und dumm machen. Und das sollte auch ein Bischof nicht sein.«

Eine Frau kam ins Zimmer und brachte ein Tablett mit Mandarinen, Bananen und Äpfeln, mit einer Teekanne und Obstsäften. Sie nickte den Besuchern zu und stellte alles auf den Tisch. Den beiden Männern goss sie Tee in die Tassen. Vor die Kinder stellte sie Gläser und bat sie, sich selbst zu bedienen. Dann ging sie lautlos hinaus.

»Es ist eine wunderbare Arbeit, Utz. Ich habe sie mir bereits am allerersten Abend angesehen, als die Pietà noch auf dem Lastwagen stand. Nachts um eins hatte ich Zeit und habe sie fast eine Stunde lang betrachtet. Ich habe gesehen, warum du damals gesagt hast, die Statue sei noch nicht fertig. Die rechte Schulter ist jetzt viel weicher. Vor allem aber ist das Lächeln anders, ganz anders. Sie hat jetzt so ein wunderbares Leuchten bekommen, deine Maria. Ein Lächeln voller Ernst. Sie beklagt ihren Sohn mit einer würdevollen Gelassenheit. Es ist ein Lächeln, das einem das Herz zerreißt.«

Papa nickte nur und schwieg.

»Ich habe eure Mama nicht mehr kennen lernen können. Aber wenn die Pietà etwas von ihr hat, muss sie eine wunderbare Frau gewesen sein. Ich werde an sie denken, wann immer ich meine Pietà sehe, und das wird sehr oft sein. Ich werde an sie denken und an euch. Und ich werde für sie beten, für eure Mama und für meine.«

Dann stand er auf, ging auf Papa zu und umarmte ihn.

»Ich danke dir, Utz. Für die Pietà, für deine Kinder, für alles. Ich hoffe, ihr seid nicht zu traurig, dass die Pietà nun nicht mehr in eurem Garten steht. Aber wann immer ihr sie sehen wollt, seid ihr herzlich eingeladen. Und du wirst wohl ein Foto von ihr haben, nicht wahr, Utz?«

»Papa hat sogar eine eigene Pietà. Er hat einen kleinen Stein von ihr gemacht, ein Modell«, warf Ulla ein.

»Nein, das ist kein Stein«, korrigierte Papa sie, »es ist ein Gipsentwurf und nur achtzig Zentimeter hoch. Aber das ist besser als ein Foto.«

Der Bischof nickte zufrieden.

»Und nun muss ich leider gehen«, sagte er. »Ihr seid

meine Gäste, so lange ihr wollt. Im Speisesaal ist ein Tisch für euch gedeckt. Die Küche weiß, dass auch Strolch dabei ist, er wird nicht vergessen. Ich denke, meine Portion werden Karel und Paul auch noch verdrücken. Und den Nachtisch sollen sich Ulla und Petra teilen. So, und nun seid Gott befohlen.«
Er hatte bereits die Tür geöffnet, als er noch einmal zurückkam und seine Aktentasche öffnete.
»Das hätte ich nun fast vergessen. Das ist für dich, Utz. Und ich habe angewiesen, dass du so eine Schachtel jedes Jahr am Tag der Weihe unserer Pietà erhältst.«
Mit diesen Worten übergab er Papa eine kleine Zigarrenkiste.
»Rauchen ist nicht gesund, Herr Bischof«, sagte Ulla, »so ungesund wie Rotwein.«
»Das ist vollkommen richtig, Ulla. Und ich hoffe, ihr jungen Leute verhaltet euch etwas klüger als wir alten Männer und fangt mit Tabak und Wein erst gar nicht an. Lebt wohl.«

Der junge Mann kam ins Zimmer, nachdem der Bischof gegangen war, und geleitete sie in den Speisesaal an einen der eingedeckten Tische. Sie hatten kaum Platz genommen, als in einer Terrine die Suppe gebracht wurde. Ein Kellner kam und fragte sie, was sie zu trinken wünschten. Dann stellte er einen Napf

vor Strolch hin und erkundigte sich bei Papa, was er dem Hund geben dürfe.
»Wasser«, sagte Papa, »nur etwas Wasser.«
Es war ein prächtiger Raum, in dem sie saßen. Fast alle Tische waren besetzt, und es waren nur Männer zu sehen, die sich während des Essens miteinander unterhielten. Sie schauten sich häufig und neugierig nach den Kindern und dem Hund um, denn so etwas sahen sie hier wohl nur selten. Einige bemerkten auch, dass Butz auf dem Tisch saß. Und es passierte wohl noch seltener, dass Bären auf dem Tisch des bischöflichen Speisesaals saßen.
Das Essen schmeckte gut und jeder von ihnen hätte dreimal Vanilleeis mit Himbeeren essen können. Der Kellner kam immer wieder mit neuen Desserttellern, die ihnen von den anderen Tischen geschickt wurden. Nach dem Essen kamen mehrere der Männer bei ihnen vorbei, nickten den Kindern zu und sagten etwas Lobendes über Papas Pietà. Einer von ihnen sah die Zigarrenkiste, die vor Papa lag, und bemerkte: »Donnerwetter, verehrter Meister, Sie rauchen aber gute Zigarren. So etwas Feines kann ich mir nur einmal im Jahr leisten.«
»Ich ebenfalls«, erwiderte Papa, »nur einmal im Jahr. So ist es abgemacht.«
Am nächsten Morgen verließen sie die Stadt. Obwohl sie diesmal viel schneller fuhren, kamen sie erst am

späten Abend zu Hause an. Sie hatten viele Pausen gemacht, um sich in einer Stadt etwas anzusehen oder weil Strolch unruhig wurde oder sie etwas essen wollten. Zum Schluss fuhren sie noch einen Umweg, um Petra bei ihren Eltern abzugeben.

In der Gärtnerei von Petras Eltern standen drei große Gewächshäuser. In einem rankten sich Tomatenstauden an Holzlatten bis zum Dach hinauf und trugen leuchtend rote Früchte, obwohl es schon Oktober war. Als sie sich verabschiedeten, schenkte ihnen Petras Mutter eine Tüte voll mit Tomaten. Sie gab ihnen auch zwei Blumensträuße mit und bedankte sich, dass Petra diese schöne Fahrt mit ihnen hatte machen können.

Daheim luden die Kinder das Gepäck aus, denn Papa lief, sobald er aus dem Auto gestiegen war, in den Garten, um nach seinen Steinen zu schauen. Und obwohl es bereits dunkel war und er kaum etwas erkennen konnte, kam er erst nach einer halben Stunde ins Haus. Karel und Paul hatten inzwischen die Koffer ausgepackt und Ulla hatte den Tisch für das Abendbrot gedeckt.

»Bist du traurig, weil deine Statue jetzt weg ist?«, fragte sie.

Papa lächelte und schüttelte den Kopf. »Sie steht sehr gut dort. Der Stein braucht einen Dom als Hintergrund. Dafür habe ich ihn gearbeitet. Erst mit dem

Dom bekommt er den richtigen Rahmen und kann atmen.«
»Das wird dem Herrn Kleemann nicht gefallen, wenn du seinen Dom nur als Kulisse für deine Pietà siehst«, sagte Karel.
»Ich denke, er versteht das. Darum wollte er diese Statue. Und darum wollte er sie von mir.«
Papa wollte Ulla an diesem Abend nur eine ganz kurze Gute-Nacht-Geschichte vorlesen, eine, die nur zwei Seiten lang war, weil es schon spät war. Ulla hatte zwar protestiert, aber sie war, noch bevor er eine halbe Seite gelesen hatte, fest eingeschlafen.

20. Kapitel

Am ersten Sonntag im November gingen sie am Nachmittag gemeinsam auf den Friedhof. Sie wollten Mamas Grab für den Winter fertig machen. Papa und Ulla nahmen die welken Blumen weg und die beiden Jungen deckten alles mit Tannenreisern ab. Als sie damit fertig waren, standen sie eine Minute schweigend vor dem Grab. Ulla hielt Butz fest im Arm. Strolch schaute verwundert zu ihnen hoch, weil keiner etwas sagte. Dann bellte er kurz, um sie zum Heimweg aufzufordern.

»Mach's gut, Mama«, sagte Ulla und winkte dem Grab zu, »wir haben eine schöne Pietà für dich gemacht. Nun wirst du noch in tausend Jahren den Menschen zulächeln.«

Papa holte sein großes rotes Taschentuch hervor und schnäuzte sich. Karel bückte sich rasch, um sich einen

Schuh zuzubinden. Und Paul klopfte seinem Vater väterlich auf die Schulter.
Strolch bellte noch einmal kurz und energisch. Er drängte, nach Hause zu gehen.
»Wann besucht uns denn Petra wieder?«, fragte Papa auf dem Heimweg.
»Am Sonntag will ich zu ihr fahren«, sagte Karel, »aber vielleicht am nächsten Wochenende.«
»Das wäre schön«, sagte Papa, »dann müssen wir etwas ganz Besonderes kochen. Isst sie eigentlich gern Fisch?«
»Das weiß ich nicht. An der See haben wir jedenfalls Fisch zusammen gegessen.«
»Dann machen wir einen Zander, wenn sie kommt. Herr Tewel kann uns einen ganz frischen besorgen.«
»Und ich koche für Petra rote Grütze«, sagte Paul, »die isst sie sehr gern. Das weiß ich.«
»Das stimmt. Davon kann sie nie genug bekommen«, sagte Karel.
»Es gibt Schlimmeres«, sagte Paul, »von mir aus könnte deine Petra auch ganz zu uns ziehen. Ich hätte nichts dagegen.«
»Dann wären wir wieder fünf«, rief Ulla begeistert.
»Na, da haben wohl ihre Eltern noch ein Wörtchen mitzureden«, gab Papa zu bedenken.
Paul aber sagte: »Wer weiß, eines Tages zieht sie viel-

leicht wirklich zu uns. Denn groß genug ist ja unser Haus.«

Alle sahen jetzt Karel an.

»Das stimmt. Platz haben wir ausreichend. Petra könnte in Mamas Zimmer wohnen. Das steht ja leer. Und ein Museum wollen wir ja nicht einrichten, oder?«

»Richtig«, sagte Papa, »wir sollten mal darangehen, es aufzuräumen. Alle wichtigen Dinge von Mama bringen wir auf den Dachboden. Und dann entscheiden wir, welche Möbel drin bleiben. Vielleicht zieht dort eines Tages Petra ein. Aber das hat noch viel Zeit. Bis dahin kann Karel dort wohnen. Oder er nimmt mein Zimmer und ich ziehe dort ein.«

Die Kinder nickten. Strolch kam mit einem kaputten Ball angerannt, den er irgendwo gefunden hatte, und legte ihn Ulla vor die Füße. Er schaute sie an und wollte gelobt werden.

»Dann wollen wir mal ein Stück Kuchen essen. Wer von euch kocht Kakao und deckt den Tisch? Ich muss im Garten noch etwas vorbereiten. Morgen bekomme ich von Hubert einen Stein geliefert.«

»Was für einen Stein? Einen großen?«

»Nein, er ist nicht sehr groß. Es ist ein Granit. Carlo hat ihn bekommen und mich angerufen. Er meinte, als Grabstein sei er viel zu schön. Ich habe ihn mir angesehen. Daraus lässt sich etwas machen.«

»Was denn? Weißt du schon, was es wird?«
»Nein, Ulla. Der Stein muss erst ein paar Wochen bei uns stehen. Ich muss ihn doch erst kennen lernen. Ich und Strolch müssen ihn erst ein wenig beschnüffeln. Nicht wahr, Strolch?«
Strolch bellte zustimmend.
»Jedenfalls muss ich im Garten Platz schaffen. Also, wer macht den Kakao?«
»Ich habe jetzt keine Zeit«, sagte Ulla, »ich habe Marlene versprochen, nachher bei ihr vorbeizuschauen. Sie bekommt nämlich zum Geburtstag von ihren Eltern einen Hund geschenkt. Wir müssen nun entscheiden, welche Rasse es sein soll, und da muss ich mein Hundebuch noch einmal durchsehen. Und einen Namen für ihn haben wir auch noch nicht.«
»Und ich muss nur rasch ein Programm zu Ende schreiben«, erklärte Karel, »das dauert nicht lange. Nur eine halbe Stunde oder so.«
»Nur eine halbe Stunde oder auch zwei«, sagte Paul, »ich sehe schon, es bleibt wieder alles an mir hängen. Also gut, ich mach den Kakao und schneid den berühmten Kirsch-Schokoladen-Kuchen auf. Aber wenn ich fertig bin und euch rufe, dann müsst ihr auch kommen.«
»Klar, Paul«, sagte Ulla und rannte mit Strolch ins Haus.

Christoph Hein
Das Wildpferd unterm Kachelofen
Roman
Mit vielen Bildern von Rotraut Susanne Berner
Beltz & Gelberg Taschenbuch (78562), 228 Seiten *ab 8*

Jakob Borg hat fünf wunderbare Freunde und über die weiß er die unglaublichsten Dinge zu erzählen. Zum Beispiel die Geschichte von der Schatzsuche, die beinahe erfolgreich gewesen wäre. Oder vom turbulenten Kampf gegen die Seeräuber auf dem berühmten Blabbersee. Oder wie sie für Katinka das Wildpferd gefangen haben. Kurzum: Tausend Geschichten hat Jakob im Kopf!

Peter Härtling
Jakob hinter der blauen Tür
Roman
Mit Bildern von Peter Knorr
Beltz & Gelberg Taschenbuch (78495), 112 Seiten *ab 10*

Dies ist die Geschichte des 12-jährigen Jakob. Und es ist auch die Geschichte von Mia, seiner Mutter – denn beide gehören zusammen und müssen lernen, miteinander zurechtzukommen. Das ist gar nicht leicht, nach Vaters Tod. Zunächst haben sie die Wohnungstür blau angemalt. Nur so, um einen neuen Anfang zu machen. Da gibt es Ärger mit den Nachbarn. Auch in der Schule wird es schwieriger für Jakob. Er verliert seine Freunde. Er ist allein. Und er will auch keine Hilfe. Immer mehr Phantasiefiguren umgeben Jakob, immer weniger kann er mit seiner wirklichen Umwelt anfangen. Und die mit ihm. Mia ist verzweifelt. Sie wird nicht mehr mit ihm fertig. Und die anderen sagen, dass er spinnt. Dabei gibt es den Benno wirklich. Benno ist schon groß und spielt Gitarre und ist sein Freund. Nur weiß er nichts davon. Aber vielleicht wird er es noch – ganz zuletzt sieht es fast so aus.

Peter Härtling
Alter John
Roman
Mit Bildern von Renate Habinger
Beltz & Gelberg Taschenbuch (78035), 136 Seiten *ab 10*

Alter John heißt eigentlich Jan Navratil und stammt aus Brünn. Aber alle nennen ihn Alter John. Auch bei seiner Familie heißt er so, als er von Schleswig in das kleine Dorf übersiedelt, wo die Schirmers wohnen: Vater, Mutter und die Enkelkinder Laura und Jakob. Zusammenleben ist nicht leicht, das muss jeder erst lernen. Die Kinder finden es allerdings spannend: Seit Alter John bei ihnen ist, passiert jeden Tag etwas. Aber eines Tages wird Alter John sehr krank …

»Alter John handelt vom Leben eines alten Mannes. Es ist zugleich die Geschichte einer Familie. Peter Härtling erzählt davon auf eine für Kinder verständliche Weise: humorvoll, warm und unmittelbar.«
Süddeutsche Zeitung

Jürg Schubiger
Wo ist das Meer?
Mit Bildern von Rotraut Susanne Berner
Beltz & Gelberg Taschenbuch (78554), 128 Seiten *ab 10*

Wo ist das Meer? Da, wo Kolumbus Indien sucht, wo die großen Schiffe versinken, wo einem, ohne zu blinzeln, ein Fisch ins Auge schaut, wo es aussieht wie auf dem Mond, wo der Mond aussieht wie das Ei der Nacht, wo man sich fragt, ob man umkehren soll oder nicht, wo man nicht umkehrt, weil es schauderhaft schön ist.
Verrückt geht es zu in Schubigers Geschichten. Kinder verstehen das und haben ihren Spaß daran.

»Ein ungewöhnlich schönes Buch.«
DIE ZEIT

www.beltz.de
Beltz & Gelberg, Postfach 10 01 54, 69441 Weinheim